手尋夢想

三指鋼琴家的生命樂章

黃愛恩 Connie Wong 真人故事

「三指鋼琴家」的成長勵志工程

【推薦序——梁秉中教授】

行醫五十年的老醫生，在街上與中年人碰個正著——

「醫生，你三十多年前給我治病，記得嗎？」哪會記得！但舊病人認得，就記得吧。感覺是甜美，又是淒厲的。三、四十年嘛。

中年的售貨小姐，望著她臉上隱現的傷疤——好像是她，一定是她。她也認出自己來了，紅著臉說：「多謝你。」又是那種莫名的悲涼。

沒有音樂活不了的老醫生，沉浸於鋼琴音色的行雲流水，享受著與世隔絕的非現實。播音員解釋，這是手指不健全的演奏家的表演。這又是不是我那些可愛的孩子？老醫生這次沒有經歷那淒厲悲涼，好奇心大發，要見見那演奏者。過了一段時間，竟然真見到了。同時拜倒於她的毅力和成就。

都已經是三十多年前的經歷了。香港成立了手外科工作組，全面發展手外科的廣闊領域。其中先天性殘缺，是稀有而極具挑戰的病種。在工作組的檔案中，有幾十名手指殘缺的兒童。我們沒有能力令殘缺的再生，但有辦法減少畸變、鬆懈、延長等。這些可愛的孩子，每年都有機會在街道、食店，走廊相遇——「醫生，你好，看我……」望著伸到眼前的手，又是百感交集。只有一位，近四十多了，把手緊緊插在西裝內袋：「醫生，我對不起你，手我用不上。」

「三指鋼琴家」黃愛恩，你都給他們示範好嗎？

三指鋼琴家——說來不雅，頗有得罪之嫌，但聽見大家都這樣稱呼她，而鋼琴家本身也沒為這標籤而介懷。

三隻相對完好的手指，加上七隻長短參差的手指，怎可能練就演奏家的水平呢？

從外科和手功能知識上考慮，她當然是個值得研究的對象。結構上的缺陷阻止不了功能的實踐，而且是細緻的表達音樂的功能。是手部肌肉的超常力量、適應性和靈活技巧嗎？是左右兩手的相互輔助、補足？是，如鋼琴家說：手指數目不夠，力量太小，逼使她高懸雙肘、聳肩，使勁把手腕下壓。

不正常的手指，太短或太堅硬，結果經過堅持，活力發揮不亞於正常，甚至超越，倒可以從大腦功能找尋答案。

指力和活動，本來大腦有專區負責。大腦發號施令，推動手指反應。發號施令愈認真，反應愈佳。條件不好，大腦不甘心，反增加推動，結果克服不佳的條件，超越常規。鋼琴家一定都有這個經歷。愛恩成功過程的複雜性，可想而知。

我想，還有一個未經證實的可能。

出生缺少了多隻手指，其大腦中的負責區域，應該是小得多的。如果沒有特殊的需要和刺激，小得多的區域變得更小，甚至消失。手的功能因此就只剩下那三根完整的部分了。可是，大腦的實體和功能需求，原來是活的。功能需求要求愈高，大腦雖缺負責的實體，亦會按超常的需求，利用閒著的細胞組織，兼顧起回應要求的活動。大腦不絕對與功能活動配對，可以發展新任務（plasticity of brain）。愛恩不知下了多少決心，逼令不存在的大腦細胞區域，獲得區外補充。發放活動訊息的對象，竟然又超越了存在的實體三指，把不存在的手指功能也包在內了。多麼神奇！否則演奏家的水平，又哪能到達？那不單只發揮了具備配對的部分，還創造了沒有配對的新拍檔。怎樣解釋？

是意志。憑著那堅定的決心和超凡的意志，創造出那「神的力量」。

愛恩出版她的勵志成長故事，老醫生有機會應她要求作序，欣然從命。本來不一定過得順利，需要堅持奮鬥的人生，給她活出了彩虹。她給我送來小囝囝的照片，還加了一句：手腳都正常的！為甚麼說這話呢？甚麼還能難倒你？難倒你一家呢？

榜樣需要發光昇華，繼續它的勵志工程。

梁秉中
香港中文大學醫學院矯形外科創傷學系終身講座教授

【推薦序——蔡元雲醫生】

感染人心的生命故事

我是在一個分享生命故事的聚會中遇上愛恩；我當天被她那生下來只有三根完整手指的雙手演奏出來的樂章扣動心弦；更感人的是她分享自己靠著諸般的恩典戰勝身體的殘缺及內心的掙扎，活出美麗感人的生命樂章。

沒想到在一間教會中再遇上愛恩，她誠意邀請我為她的書寫序；我欣然接受了這個邀請。

這個從出生時已被身體缺陷所困擾的生命到今天活得璀璨，原來走過一條漫長的路。我十分欣賞她父母從愛恩出生時的失望，轉化為不離不棄的同行，他們更支持女兒尋求夢想：學習鋼琴——是這個鋼琴讓愛恩找到了向夢想飛翔的翅膀。

愛恩不忘父母恩情，亦細緻地描繪幾位恩師同行啟導的真情；她在中學、大學、以至到美國深造博士學位時都遇上以真心和忍耐加上創意的教導；使愛恩走過也戰勝身體缺陷及內裡翻騰掙扎的漫長旅途，成為今天以生命的樂章及鋼琴的樂曲祝福遠近的人——她在演奏會、生命見證分享會、音樂課程的教授及電台的音樂教育中流露出感染人心的生命故事。

我十分喜愛一首聖詩："Amazing Grace"（《奇異恩典》）；我在愛恩身上看見神所賜的奇異恩典！

謹向每位尋夢的青少年、他們的父母和老師，推介細讀這本真誠的生命見證、感人生命故事，鼓勵更多青少年將夢想成真！

蔡元雲
「突破匯動青年」會長

【推薦序——羅乃萱女士】

三根火柴

本來，一個音樂人跟一個寫作人，是風馬牛不相及的。對愛恩的認識，也只限於讀過她的見證故事。

怎知，在一個偶然的機會，我卻有這個機會與榮幸，在她人生的一個重大轉捩點中有點參與，就是當她的婚前輔導。

在那短短幾個星期的相處傾談之間，我對她的認識更多更深。欣賞她的坦率真誠，對愛情婚姻的投入認真，還有對夢想的執著。那個時候，心中就有這樣一個想法，如果有一天，愛恩能把她的故事寫出來，一定能為青年人帶來更多啟發與盼望。

我們常以為，上天給的缺陷就是「缺欠」，不能改變。但細讀愛恩的文章，會看見她怎樣與天生的「三根指頭」為友共存，從父親耐心教她提筆，至選婚戒時的內心掙扎，都在行文中表露無遺。到最後，她發現：「原來最介意自己的人，是我自己。」

我們常以為，別人的努力是唾手可得的幸運，但拿了民族音樂博士的愛恩卻說是一條「崎嶇不平，有苦自知」的路。語文的障礙，需要個人自身的加倍努力，也幸得賢師李海倫教授的指點，讓她明白教學不單是知識的傳授，更是生命影響生命的啟導。

這個早上，在翻閱愛恩的文章。你會讀到她細膩感性的描述，如何面對自我價值的掙扎，也會讀到她活潑跳脫（甚至頑皮）的一面，如怎樣對待「蜘蛛」（〈如何愛上自己的一雙手〉一文），當然對年輕的你更吸引的，是她的尋夢故事。

愛恩比喻自己是「一根火柴」，任務是「盡力點燃起更多生命的燭光」。其實她起碼有「三根火柴」，更深深盼望她所燃點的，是更多熱熾的生命之光，讓這個世界變得更有愛，更有夢想，更不一樣！

羅乃萱
家庭發展基金總幹事

【推薦序——羅乃新老師】

活出平凡中的不平凡

愛恩這本書，就像一首生命變奏曲，以「手尋夢想」作為主題，道出了既富戲劇性卻又真實不過的故事。不同的人生階段，不同的經歷，就像一首首的變奏，編織成「不平凡中的平凡」樂章。

＊＊＊

小時候的愛恩，對生命的好奇，到成長後的未泯童心，對生命的探索，悲喜共存的體會，就像莫札特的音樂，純真清澈；小孩的智慧和直覺，遠勝成年的知識和經驗。

面對自己的缺陷，憑著堅毅的信念，見證了「與生俱來的缺陷，並不是一生一世的負累」。她那句「打不死」（invincible）的精神（就像她克服鋼琴上的障礙，我曾笑說她是「不擇手段」），以無比的勇氣和信念，克服身體及生命中的奇難雜症，活出貝多芬音樂中，那不屈不撓、戰勝命運的「英雄」！

因著從不言棄的自強不息，學會接納自己的不足，也能欣賞自己的成果；默然透過生命，活出音樂，這是舒伯特「退一步海闊天空」的淡泊安逸，不求名利的釋然自在！

喜愛夢想，充滿憧憬；片段的畫面，點滴的回憶；生動的文字，詩情畫意的描繪，讓我想起德布西的前奏曲；篇篇色彩變幻的小品，讓愛恩緬懷過去，畫出未來！

勝過了不少難關，接過多少獎項，作出各種嘗試，機會接踵而來；但愛恩從未自滿，也不自豪。存著謙卑和感恩的心，活出上帝早已為她預備的生命，就如巴哈所説：

「我只是按著樂譜彈奏，演繹音樂的都是上帝。」

"I play the notes as they are written, but it is God who makes the music."

如果你有著與生俱來的不完美，你會想看這本書。愛恩的親身經歷，能成為你的鼓舞激勵，在那不平坦的人生路上，與你風雨同路！

如果你以為自己完美無缺，你更要看這本書，讓你反思自己的不是，和無限的可造性！

如果你是一個母親（無論你的孩子有或沒有缺陷），你都會愛上這書，由愛恩媽媽在她這個女兒出生時「要把她扔到垃圾桶去」的絕望，經歷沮喪、無助、糾纏、掙扎，到終能接受這「變相的祝福」，與女兒同行，到今天那份難以述説的自豪，會振奮心力交瘁的每一個母親，引起心中不同的迴響！

如果你是一個學生，尤其是音樂學生，你更要看完這本書，它不但會啟發你在音樂上的學習態度，教你如何練習的方法，引出音樂與社會的息息相關，更會指引你如何譜出屬於自己的生命樂章。

如果你和愛恩一樣，是一個平凡人，這本書是為你而寫，讓你能活出「平凡中的不平凡」。

羅乃新

著名鋼琴演奏家、電台節目主持、戲劇演員及作家

And then there is Connie's piano performance and teaching career. To me, this is the most impressive of her many achievements: she has worked round the hand disability with which she was born to become an excellent keyboard performer. I'll never forget her spirited performance on keyboards at a praise and worship event in Auckland, New Zealand, in 2001. Her dedication to working as a piano teacher with children who also have hand and arm disabilities is truly inspiring: she doesn't let herself be hemmed in by conventions of piano technique, instead using her own experience and creativity to help others gain the joy of music-making.

Connie is truly an inspiration: through determination, hard work, and cooperation with others she has overcome language difficulties and physical disability to achieve her dreams. Best of all, she is a beacon for young people coming after her.

Helen Rees
Professor, Department of Ethnomusicology, UCLA

【Recommendation Preface · Helen Rees】

Be a beacon for young people

I first got to know Connie Wong in 1999, when she entered UCLA's graduate programme in ethnomusicology. She was clearly a young lady with a lot of "get up and go"— despite coming from a Hong Kong family with quite ordinary financial means, she had already, as an undergraduate at CUHK, found a way to get herself over to the United States for her first visit here to do research on African American gospel music; and despite not being able to drive at that time, she had managed to get round the US by its quite dismal public transport to visit different African American communities.

Once in Los Angeles as a graduate student, like many graduate students whose first language is not English, Connie had to work extra hard to be able to complete readings and writing assignments on time and up to standard. This was clearly a struggle during the first year, but she kept at it, sensibly got language help from native-speaker faculty, staff and fellow students, and seven years later produced an impressive 250-page Ph.D. dissertation on praise and worship music in the Asian Pacific.

【推薦序——王永雄博士】

生命總是出人意表

我還未忘記與愛恩初見面的日子。那是超過四分一個世紀以前的事了。

那個暑假，她參加教會的夏令營。這個新朋友一開口就説越南話。説得準確點，她説的是疑似越南話，要假裝來自越南，但很快就露出馬腳，還要嘻皮笑臉！這就是我認識的愛恩：工作時十分認真，閒時就一個樂天派，有時甚至很淘氣。我是大哥哥，總不會生這個可愛小妮子的氣。這二十多年來，我們的生命軌跡也不是經常交織的，但有些重大的事情，如求職擇業，我們的確曾一起經歷、禱告。

愛恩邀請我寫序的時候，正臨近農曆歲晚，這時我也碰巧要準備搬家。搬過家的人都明白，搬的過程很快，最多兩、三個小時，而且通常由搬運公司代勞，但搬家之前很多天就要開始把家當收進大大小小的紙箱中，搬完後又要花很多天把家當逐一從紙箱中拿出來安放。一言以蔽之，就是「忙」，但我也一口答應愛恩，毫不遲疑，原因只有一個：她是我的好朋友。

我一邊讀她的故事，一邊整理有關她的回憶。歲晚，也是整理過去一年回憶的時候。執拾家當時，要決定哪些東西應該扔掉、哪些要留下，其實我也正在回憶我和太太婚後的歲月。人生固然是一連串的回憶、整理，但三段思路縱橫交錯，恐怕一輩子也未必能遇上這種巧合。

為何要讀傳記？有一天，我問學生一個問題：

「以下哪個較真實？A、傳記所記載的人生故事；B、傳記所反映的人生哲理。」

當時選A和B的各佔大約一半。這問題當然沒有標準答案，想清楚選擇的理由才是最重要的。選A的，大多認為人生故事是真正發生過的，哲理只是我們賦予的意義，較為抽象，所以A較真。選B的，認為人生故事不能重現，人生哲理卻可以重現於其他人的生命，所以較真。兩方面的理由沒有矛盾，關鍵只在於我們要強調甚麼。

愛恩大概也注意到，她生命中的每個情節，是無法在別人的人生中重現的。即使是她本人，也無法再次經歷已過去的人生，因為時間從來無法逆轉。讀傳記，若是為了重複情節，冀望故事的結局也同樣在自己身上重現，那肯定是妄想。有否留意，在每篇章的末段，她總會留下幾句哲理？她希望讀者都可以親身體驗這些人生哲理，就能知道這些哲理孰真孰假。

閱讀這些故事的時候，腦海出現很多人物、畫面，有她的父母、妹妹，還有他們在大埔的家。我倆識於微時，當時她是一個中學生，她妹妹還在上小學（妹妹中一升中二時要考鋼琴試，伯母委託我帶她去柯士甸道的試場。不知道妹妹還記得否？），他們一家四口住在大埔一間小小的公屋單位內，想不到一個不平凡的生命故事就在這個平凡的公屋單位裡展開。

也許所有生命都是不平凡的，因為生命從來就不是機械操作，它往往出人意表；我們永遠無法完全掌握生命，只能盡力調整方向。從這個角度看生命，愛恩的生命也是平凡的，因為不單她的生命出人意表，其實所有人的生命都可以出人意表。既然如此，當愛恩把她的人生故事寫下來，就不是立下楷模，而是一種分享。她分享她那平凡的生命，期望你將來也能跟她一樣，向你身邊的人分享你那平凡的生命。愛恩的分享使我對既平凡也不平凡的生命有更深的體會。

這些故事也加深了我對愛恩的了解。我從來不知道她喜歡研究蜘蛛，甚至曾經妒忌有手有腳的動物而做出惡作劇！我也不知道她從前不喜歡露出腳趾，怪不得我從未見過！那個美國入境移民官要求她展示十根手指指紋的故事給我很深刻的印象；可以想像，當時愛恩一定心亂如麻，但這事件卻演變為祝福，祝福了這位美國入境移民官的生命。（以上故事大家可翻閱相關篇幅細讀，我這裡也不好劇透太多！）

二十多年過去了，愛恩仍是那個愛恩：認真、樂天、淘氣。

當然，現在的她，身為人母，肯定比二十多年前的小淘氣成熟得多。不知道她的小孩子有沒有秉承媽媽淘氣的性格呢？愛恩就是這麼一個平凡的人。她從來不超凡入聖；她跟所有人一樣，有長處，有弱點，內心有掙扎，也一樣需要成長。

愛恩寫下這些故事，就是要鼓勵我們盡力去活那平凡的生命，這樣我們就會經歷生命的不平凡。

生命總是出人意表的。

王永雄
香港中文大學大學通識教育部副主任

【推薦序——葉豐盈女士】

生命影響生命的動人樂章

跟愛恩接觸，總覺得她溫文親切，談吐自信有禮，而且經常面帶笑容，完全感受不到她生命中有一點苦澀或怨懟。

如果沒有看到她的手，沒有聽過她的經歷，實在想像不到她原來曾走過一段充滿艱苦辛酸的成長路。

很榮幸早年邀請到她在我們公司的週年慶典上演奏和分享，她正面的心態、驚人的毅力和對生命的熱誠，感動了在座的同事們，大家都為她所激勵，反觀自己生活中的難處只是微不足道，更應鼓起勇氣去克服。

很開心知道愛恩出書，讓更多人能夠從她的生命和音樂中領會她的智慧。

在愛恩的成長中，不但看見她不怕困難、克服困難，甚至會「自找困難」，為的是要實現自己的夢想，她從不受制於自己缺乏的，只會盡力發揮自己擁有的，那正是成功之道。

這書實在值得與任何年紀的朋友分享。
三指，卻奮鬥不止，奏出勵志感人的樂韻！

葉豐盈
韓國護膚品牌 LANEIGE、
雪花秀所屬集團 AmorePacific 香港分公司
董事總經理

目錄

推薦序——

第一章——一雙小手

第一章——一雙小手

小女孩的憧憬。

婚禮進行曲，緩緩地奏起……

身穿一襲純淨亮白的婚紗，女主角在莊嚴的教堂中，隨著扣人心弦的曲韻，握住母親的手臂，一步一步地被引領到禮堂前。

然後，母親停駐下來，珍而重之地，把女兒移交到那個即將成為她女婿的男人的手上。

在滿堂觀禮的貴賓親友見證下，牧師給男女主角祝福，接著男的和女的輪流開口，回應證婚牧師肅穆的一個提問：

「我願意！」

說一句「我願意」，才不過幾秒鐘，然而舉足輕重的，是戀人許下了一生一世的承諾。

***

很多小女孩都會憧憬，長大後有一日，自己能夠成為穿著拖尾白紗的漂亮女主角。

小時候的我，當然也是這麼一個愛發白日夢的女孩兒，這也是很正常的事嘛。不過，只要每當想到結婚時新郎和新娘有交換戒指的一幕，我的心就要下沉了。

——成為被套上婚戒在手指上的新娘子？我有這種命嗎？

多年之後的這一刻，當我真真正正地戴上了婚戒時，我才敢肯定地對只有三根手指的自己說，往日兒時不斷地迷思、曾發過無數次做新娘癡的美夢，今日終於能夠兑現成真了！

***

「我願意！」

在禮堂中、在親友面前，當聽見他許下了誓言，我固然心裡深深地被打動，然而其實在當上新娘之前，我聽見過他對自己說的另一句，那比起在婚禮中他所公開盟誓的這一句，更讓我為之悸動……

那一天，我和他跟一般情侶一樣地上街拍拖，輕談淺笑地說起很多不著邊際的話，談著傾著，他執起了我的右手，輕撫搓揉了幾下。

我疑惑，他在觸碰我的手心時，到底會想著甚麼呢？

——「你的手，真的好柔滑啊……」（他一定沒有這樣想過！）

——「你的手，可以做家務嗎……」（他會懷疑這也不出奇！）

——「你的手，真的與別不同……」（他嫌棄我也沒話好說……）

情侶拍拖，就是肩並肩、手拖手一起走路，而他拖著我的手時，我好想知道，究竟他是甚麼樣的感覺？

說實在的，我心裡真的很介意——他是如何看待沒有一雙正常的手的我？

「我不介意呀！」

想不到，就在下一秒鐘，我尚未發問，他便竟已說出口了。

我的心像是觸了一下電極！他這個人是甚麼構造的呢？竟然讀懂了我的心語？

「而且我覺得你最美的，就是你的一雙手呢！」

在同一時間，我立即感到慚愧，原來一直介意自己的人，是自己！

那一刻他說「不介意」，真的比起在婚禮上說的「我願意」，更早更深刻地撩撥感動了我的心扉。

***

但是……他不介意是他的事呀，我就可以完全不介意自己嗎？

關於結婚戒指的起源，有一個傳說指古埃及人相信人的血脈是由無名指開始流動，然後一直通往到心臟裡去，所以結為夫妻的一男一女，把戒指套在靠近心臟的左手的無名指上，是寓意連繫兩個人，並承諾今後二人在心底裡都會愛著對方。

這個婚戒傳說美麗動人極了！可是，自小女孩時代開始，我便感到迷惘得很，我看著自己的一雙手，無論是左手還是右手的無名指，都長得不完整……不用我說明白你也可以理解吧，我心裡是多麼的介意自己將來如何能夠戴上結婚戒指。

我配得起嗎？

在籌備婚禮的日子，為了準備婚戒，我心裡曾有過好一段的掙扎歷程。

在珠寶公司櫥窗前佇立了好多回看了又看，有一次，我終於鼓起勇氣進入店子裡。不過，我只是用眼睛參觀而已，看看這又看看那，尋找自己喜歡的戒指款式，當店員問我要不要試戴一下，我卻尷尬又猶豫地推說不用了。

如是者，進去參觀又離開，已經是第二次了。

「黃愛恩，連要娶你的人都說『不介意』了，你自己還介意甚麼呢？」腦海裡有把聲音說。

第三次，我再進入同一家珠寶店，店員見著我，又再迎上前來招呼我。我想說，她真是一個非常友善又有禮貌的職員，之前兩次我來到了，都沒光顧，連試戴一下都沒有，可以想像，只要是稍為欠缺一點性子的人，都已經把我列入黑名單了。

這次陪我一起來選購婚戒的男友——唔……不對，這個人已經是我的未婚夫了——輕捉著我的臂膀，把思緒混沌的我搖醒，笑問：

「喂，怎麼了？用不著這麼緊張吧？」

對，為著今天來選戒指，我緊張了好幾個晚上，說到底還是滿心歡喜的，然而當下這刻，我還是忐忑起來。

未婚夫挽手拉我到其中一個展示櫃台前坐下來，那位親切的店員慇懃地為我介紹著：「來，看看，這邊從下面數上去第三隻，你看看喜歡不喜歡？還有這邊從上面數下來第五隻……」

放在面前的戒指，真的好美！

店員熱情地慫恿：「小姐，如有合心意的款式，就試著戴上吧！來，伸手給我，讓我來先為你量一下指圈，好嗎？」

忽爾，我又怔住了。

＊＊＊

自小學時代開始，已經記不起自己的手指動過多少次手術了。

出生時，我只有三根完整的手指，其他的手指是糾結成一團的，多得主診醫生後來為我做矯形手術，我那些發育不健全的手指，才得以勉強地被劏開，並再「生長」出來。

記得小時候，我常常都看著自己的小手，想像長大後能穿得上戒指嗎？我可以像每個新娘子那樣，把那枚亮晶晶的指環優雅地套在無名指上嗎？唉，可是自己左手的無名指天生長得太短了吧，根本穿不上指環；至於右手的無名指勉強來說較長一點點，但都只有半截而已……

在小女孩的心裡面，白雪公主呀、灰姑娘呀……自己統統都幻想過變身成為她們；至於做新娘子，就更加是最夢幻最美麗的一個角色！

那些年，當我獨自一個人的時候，小人兒試過將紙張搓成條狀，再彎曲成小紙圈，也試過把曲別針屈成小鐵圈，用盡辦法扭出一枚像指環模樣的東西，然後我試了又試，把「小戒指」戴在小手指上，而因為我只有三根完整的手指，所以我都試過將小戒指戴在這三根手指上，看看哪一根可以戴得比較安穩。

試戴戒指——這是我兒時的小秘密，是我小女孩時代一個人的獨個玩意，就只會躲藏起來一個人玩。

說到底，我就是生怕被人家見著，會笑話自己。

***

鏡頭一轉，在珠寶店裡，此刻這個光景，我真的快要成為新娘子了！戴婚戒，這再不是一個小女孩的私密獨個遊戲了！

店員示意我伸出手來，讓她可以為我量度指圈尺寸。

我猶猶豫豫，在伸出手之前，心在噗通噗通的跳！

——「她會給我的手嚇倒了嗎？」

——「指環會穿不穩給掉下來？」

——「如果真的套不上怎麼辦？」

置身在冷氣店鋪中，腦海冒起了多個問號，我的心更加發毛了。

鎮靜一下自己混亂的思緒，明白「醜婦終須見家翁」，於是把心一橫，就將雙手爽直的遞到桌上；明白到自己左手的無名指也實在太短小不太可能套得上戒指，我便攤開右手，示意店員為我量度右手那半截長的無名指。

出奇地，那位專業的店員，看到了我最為介意自己身體最醜陋的地方，卻沒有為之驚訝，她若無其事地把我當作別無異樣的女顧客，細心為我量度右手那根僅有半截的無名指的寬度。

又一次證明，原來最介意自己的人，是我自己！

＊＊＊

在珠寶店所見的戒指樣式，真的好漂亮，可是如果我一直不伸出手去試戴，我便永遠無法知道自己能否戴得上，而款式又是否適合自己？

不過，到最後我在這店子裡還是找不著合適的婚戒……

失望而回啊。

沒錯，我是好喜歡這店裡陳列的好幾款漂亮的花式婚戒設計，可惜試戴上之後，卻發覺那幾枚戒指即使能夠給我套在右手的無名指上，但其戒圈的花邊卻摩擦著我另外的中指和小指的皮肉，有一種刺痛的刮皮感。

看到這裡，你大概以為我一定難過不堪了吧？

哈哈！我有一刻真是沮喪過的，但並沒有傷心太久，因為我本身有一位朋友是首飾設計師，後來我跟他提及了自己這個情況，他便主動幫忙，為我特別設計和訂製了一枚光面平滑、設計簡約的婚戒。

於是我右手的無名指，終於成功地戴上了神聖的婚戒！

***

這段由「我介意」到「我願意」的經歷，是男朋友到丈夫給我的信心，也是我讓自己更加認識自己的掙扎過程。

過了別人「不介意」自己的一關，原來最大的關口，還是「我介意」自己！

經此一役，我打從心裡覺得，遇上這種狀況，真的是與人無尤，一定要學會由自己把屏障拆走才可以。

對於你自己，你曾經又「介意」過自己甚麼？

你有嘗試由「我介意」變成「我願意」嗎？

坦白說，其實我也還沒有完全戰勝自己所面對的困難。人生之中，過去、現在、未來，都會有不斷的難題出現，我也談不上有甚麼資格可作為大家的學習榜樣，但我很樂意跟大家分享自己的人生經歷故事，希望你也會鼓起勇氣，去面對自己所謂「我介意」的事情，然後好好去克服。

這趟認識自己之旅，你願意跟我一起追尋嗎？

——「我願意！」（我期待聽到你說。）

你曾經「介意」過自己甚麼嗎？你有嘗試由「我介意」變成「我願意」嗎？

一雙小手的三。根。手。指。

你會拿起這書來捧讀，大概是因為我的手指吧？

那就讓我介紹一下，我的手指。

由於媽媽懷孕時懷疑是得了德國麻疹，以致我天生下來，雙手就是糾結成一團，只有三根完整的手指。

其餘的手指，並沒有完全發育，有的只有半截，有的甚至更短。

更大的麻煩是，這些發育不全的手指，雖然長出了獨立的骨骼，但皮肉卻是連在一起的，我根本沒有辦法獨立地運用。

試著看——

如果你把手指蜷曲起來，然後嘗試用這樣的手去拿東西，你會發現，自己是在運用手掌多於運用手指，你可以透過這個方法來感受一下我所面對的狀況。

***

小時候，每年暑假我的指定活動，便是入住醫院，進行手部矯形外科手術。

醫生會將我手指與手指之間的皮肉向掌心剖開，目的是讓原本連在一起的手指和皮肉，重新劏開出來，使每根手指可以獨立活動。

直至十三歲，經多次手術後，我張開雙手，除了三根算是正常的手指外，我才勉強地多伸出七根長短不一、生長不良的手指。

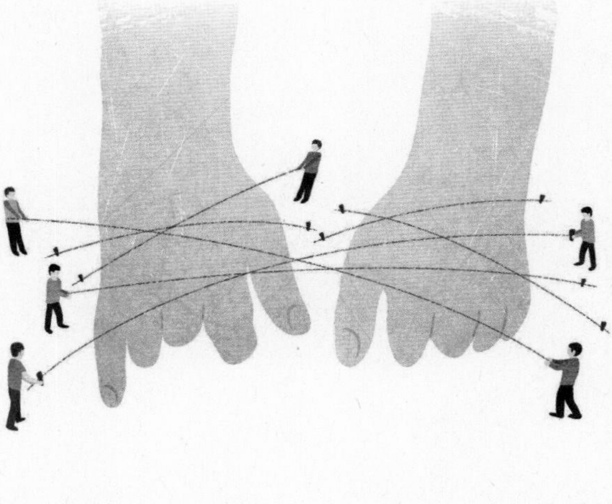

***

由小女孩到少女成長的那些年，我經常都會呆看自己的手掌。

我手掌上的生命線，都給切割得難以辨認了，看上去就像是投石於湖面時泛起的波紋。我也真的曾迷信懷疑過，自己會不會因此而變得短命，不久之後就會死去？對自己未來的路，充滿了疑團問號……

而估不到的是，我的一雙小手，會一直帶領著我，走上我的人生路。

人生之中你一定會有不少時候對自己生起疑問，感到生活不如意。除了所謂的命相師，大概沒有人會懂得看掌紋的意思吧？

不過，當你一路走來，在之後的路上，你就會慢慢理清自己的生命線，找到屬於自己的答案。

人生之中你一定會有不少時候對自己生起疑問，感到生活不如意。當你一路走來，在之後的路上，你就會慢慢理清自己的生命線，找到屬於自己的答案。

我的父親和母親

能活到今天我有自己的事業和成就，我知道父母雖然沒開口説出來，但我能從他們的眼神和反應看出，長大了的我，確實讓他們終於感到安心和欣慰。

這也難怪，想當初他們懷了我這個家庭新成員的喜悅，期待了十個月，然後媽媽在產房裡一身血汗淋漓喘息著誕下我這個胎兒；可是，當助產士將我抱到父母面前，讓他們第一眼看到這個小寶貝伸到空氣中亂抓一通的小手時，卻發現了有甚麼不對勁的？啊，她那雙手，怎麼會跟正常人不一樣？

與此同時，他們心裡感到驚恐、慌亂、失望、無助、沮喪……無所適從。

到我長大了後，媽媽曾向我坦言，那時候她甚至問過助產士：

「可不可以，不要這個孩子？」

束手無策的媽媽，在一片絕望的空白之中，唯一能想到的，就是要把我扔進垃圾桶裡去算了吧？

助產士好言相勸：「怎麼能夠呢？她是你的女兒啊，你不疼她，誰來疼？」

媽媽自愧生了一個畸胎，一定是她前世作了甚麼孽，才得到今天的惡果，也連累到自己的下一代。那年頭，親朋戚友間會流傳這樣的說法，不足為奇。

媽媽很沮喪，為我的前路感到擔憂，她哭了很久、很久，也許當年她有患上過產後抑鬱症。

不過，媽媽很堅強，她都熬過來了。

***

當年父母為了讓我可以活得像健全的人一樣，他們無所不用其極，想盡、也真的試盡了一切亟盼奇蹟會在我身上出現的方法。我不確定我有沒有喝過香爐符水，但父母親確曾把我過契給了黃大仙、觀音菩薩，也嘗試信奉聖母瑪利亞，以求得到醫治。這聽來很可笑，但一切都出於父母對我的疼愛。父母親自覺把我帶到這個世界受苦，所以他們絕不放過任何一個可以補償的機會。

親愛的母親和父親，任誰人都會明白您們的憂慮——在一個不富裕的家庭，要養育一個身體有缺陷的孩子長大，所需的勇氣和愛心要多大！

慶幸父母親並沒有遺棄我，而且他們一直都盡心盡力照顧我，不然也不會有今天的我。

***

你也許會以為，因為我雙手的不行，出於愛護孩子的父母親，一定事事加以干預，甚麼都會為我準備好吧，但這就大錯特錯了！

諸如拿筷子吃飯、更衣扣鈕等等這些自理能力，父母親從我很小的時候就讓我自行揣摩學會做到了。

我感激父母對我的教導，每當有機會讓我學習運用手指的時候，他們都沒有退縮，使我覺得運用自己的手指是很正常的事，就像其他人一樣。

***

說來有趣，小時候我是先拿毛筆來學寫字的。

回憶當時，爸爸執起我的手，教我如何拿毛筆，不過無論他如何示範正確的手勢，我的三根手指就是無法如常人一樣能夠以同樣的方法去執穩毛筆的筆桿。

當時爸爸看見我的笨拙，大概很惆悵吧？

幸而，他很有耐性，也沒有嚴厲的責罵，我就是在嘻哈鬧著玩的氣氛之下，一邊看著爸爸如何書寫，一邊自己想盡辦法，用上我可以做到的姿勢，先拿穩了筆桿，再以毛尖點上墨水，在紙上揮寫一筆一劃。

你猜我是如何拿毛筆？就是把筆桿放入手掌心，手指合屈，捏成拳頭，只要筆桿不溜脫手，我就可以落墨寫字了。

這真是有點本末倒置呢！別家的孩子一定是先學寫鉛筆字，再長大一點才學寫毛筆書法，而我則是看見了爸爸寫書法，於是一開始便嚷著要跟他學寫毛筆，然之後才再學握鉛筆寫硬筆字。

也許學習每件事都有一套世人認為的先後次序，依循這個「標準方法」，當然可以更易掌握要領。但對我來說，這根本不管用。於我如是，其實對別人也一樣吧。每個人都應該要為自己的生活找一個適合自己的方式。我們可以學習和參考前人的經驗，但一旦不適用於自己，可以另闢蹊徑，不要以為自己根本不行。

哈，我小時候是用握拳頭的方式執筆的，別人看來，這是多醜怪的姿勢！但我就是這樣子學會了寫字！當然我在學寫字的過程中，一直都有修正自己執筆的姿勢，所以現在我執筆的樣子，看來已沒那麼異相了。

而更料想不到的是，今天有不少朋友還會稱讚我的手寫字揮灑自如、漂亮秀麗喔！

***

我也深刻記得小時候媽媽經常陪我繪畫和填色的情景。

想起填色畫冊曾一度大流行，很多人說靜心著色有助療癒心靈，也不知道是否真的湊效了，不過於我而言，因為繪畫填色而令我心靈釋放，倒有這麼一段經歷——

話說兒時我對自己的繪畫作品是絕不馬虎的。有一次，媽媽陪同我參加填色比賽，她耐心地看顧著我，不料我上色後不甚滿意，便大力擦掉畫紙上的顏料，怎知用力過度，畫紙給擦穿了！

啊！怎麼辦？我的心頓時隨著弄穿了的畫紙一起受傷了！嗚嗚的哭起來……

親愛的媽媽愛莫能助，為了安撫我，她哄著說會給我買來雪糕，逗我回復心情。

那次記憶深刻，不僅是因為媽媽對自己的呵護，更重要的是讓我體會到一次「世事未必如想像中壞」的例證！

那次竟然是錯有錯著！我不滿意上色而過分用力擦破畫紙的構圖位置，恰好是畫了一間屋子的一扇窗口，所以當你拿起那張畫作來看時，竟真的可以從那間屋的那扇窗口看出去，看到了窗外的風景！

料想不到，擦破了的穿口位，反而成為了這張圖畫超然不群的特色之處！

***

又，小時候，爸媽給我買來一個玩具琴，我會用僅有的手指頭來叮叮噹噹的彈彈敲敲，我一聽見喜歡的兒歌，就會記著音韻，然後自己試著摸索琴音彈敲出來。

我大愛彈琴這玩意兒！而當我到升上小學，向父母表白並提出自己想正式學彈琴的意願時，他們也許曾擔心過我會否因為沒有十隻手指而學不來，但卻沒有反對過我去學。

須知道，在我成長的八、九十年代，真的沒有多少個孩子從小就可以學習樂器，因為除了購買樂器本身並不便宜，學琴的費用也相當昂貴。在學業以外的玩意，這可不是當年一般家庭能夠負擔得來的。

而我的例子就更加特殊吧，讓手指本身就不健全的女兒去學彈琴，也許在外人眼中，那不就是白花錢的事情嗎？

所以，如果父母當初要反對讓我學琴，這也實在是無可厚非的。

但父母親就是按我的意願，後來讓我正式去學彈鋼琴！

＊＊＊

我那與別不同的一雙手可能為我帶來了生活上的不行，但父母親從來都沒有對我說過「不可能」。

真的要感謝爸媽，要不是這樣，今天我不單彈不了鋼琴，很多事情我也可能辦不到，因為我本來就有很充分的理由去依賴別人。

由於雙手天生殘缺，從小我就擁有領取「傷殘津貼」的資格，意義上也就是說——我應該是需要接受照顧的一群。

不過，這筆傷殘津貼，從大學畢業那天起，我就不再需要了。

幸福的我感覺健全，我現在也實在活得健全圓滿。

就連我的家人，他們當年應該也沒有想像過，這樣的我長大後竟會成為具演奏級資歷的鋼琴教師，能夠考取到博士學歷，在大學裡教授民族音樂，然後我得到很多的邀請，讓我公開去分享自己成為「三指鋼琴家」的真人真事，繼而緣分之下我在一次分享演講會中，遇上了那個會成為我丈夫的人……

***

想起今日時下的所謂「怪獸家長」，即使孩子十指健全，父母還是會堅持甚麼都替孩子準備好，飯來張口、衣來伸手。

在我成長的家庭裡，從沒有家傭照顧過我，父母親也從來沒有溺愛縱容過我。所以，我從小就不是個嬌生慣養的孩子。

更重要的是，爸媽總是讓我自由發展自己的興趣，寫書法、繪畫、學彈琴……

是的，雖然我天生不幸，但父母從沒對我太過縱容或設限，在適當的時候會放手任我行，我真的感到自己是個滿有幸福的人！

我想說，父母對孩子的養育方式，一定會影響孩子未來的路，太過寵愛、過分保護、過於管束，都對孩子的成長不利。

我實在感恩，我父母當初沒有認為我雙手的不行而規限我的發展。

我的一片天空海闊，都是父母抱開放的態度而讓我闖出來的呢！

上天的意旨、父母的引領，造就了今日的我。

每個人都應該要為自己的生活，找一個適合自己的方式。我們可以學習和參考前人的經驗，但一旦不適用於自己，可以另闢蹊徑，不要以為自己根本不行。

不打不相識的好。姊。妹。

人的價值觀不是與生俱來的，在成長期間，我們都會犯錯、猜疑、妒忌、自卑、狂妄……性格上的缺陷，人皆有之，想要改變，得先要去認識自己。而在學習認識自己的過程中，我們都需要別人的關懷、體諒和寬恕——特別是來自家人的。

我有一個妹妹，名叫潔恩，比我小三歲，在她來到世上那天起，帶給了我父母無限的歡樂。

白白胖胖漂漂亮亮的小寶寶，誰不愛？尤其是——她長著十根健全無缺的手指！

那時候，因為家境不算好，妹妹也只能湊合著穿我的舊衣、睡我睡過的嬰兒床，不過年紀還小的我不明白，只覺得她搶了我的東西，心裡漸漸對這個佔去爸媽大部分注意力的小傢伙，萌生敵意……

***

有一天，房間裡只有我和妹妹。

妹妹如常躺在嬰兒床上伸出小手，想要抓那吊在上面的玩具，但見她那十根小指分別胡亂地伸呀、抓呀，忽爾揑緊、忽爾張開，那畫面好優美，卻讓我看得兩眼通紅、咬牙切齒！

我心想，要是我有那麼好看的十根手指，活動起來，一定不會像她那樣笨手笨腳！

我伸出自己的手掌，動了動那些只有小半截的指根，幻想像妹妹那樣漂亮的手指就從我的手掌像小豆苗一樣生長出來，讓我也擁有修長靈活、完整的一雙手……

我是多麼地渴望自己擁有十根正常的手指！

怨恨的魔鬼從我的心底奪門而出！

我討厭她的手指！我討厭這個妹妹！討厭極了！

那一刻，我抓狂了！

我伸出手，越過嬰兒床的圍欄，就用右手那兩根健全的拇指和尾指，在妹妹白滑的臉蛋上扎、按、掐……

妹妹「哇」的一聲哭出來，而且哭個不停，哭得兩頰綻放出漂亮的玫瑰紅，還流下了兩行精緻如水晶般通透的淚珠。

這個時候，長著十根健全手指的妹妹無論怎麼哭、怎麼鬧，看上去還是可愛的。

我恨極了！

我再使勁地捏她臉上的一小塊肉，還用指甲掐下去……

那刻我連自己也訝異——原來我的兩根手指會做的動作還蠻多的！

受到我的惡搞，潔恩的臉頰瘀腫起來。媽媽聽見她大哭，便進來房間查看，問我為甚麼她的臉會受傷了？

機靈的我有點急才，索性推說：「她是給老鼠咬著了吧。」媽媽當然知道我在撒謊，卻沒拆穿。

當年的我逃過了被懲罰，但這件事卻永遠在我的心中留下烙印——

每次我用自己那兩根手指去掐東西時，我彷彿也會再次看見小時候那個醜陋的我，正在虐待自己的妹妹……

***

小孩子時期無知的我對妹妹的態度一直差勁，直至後來我長大了，決定一個人到美國留學，潔恩竟然不嫌舊惡，經常打電話來給我問好，我愈發感到不安。

一次在長途電話裡談起，我才鼓起勇氣，戰戰兢兢地向她道歉。

「哈哈，不打緊吧，」潔恩說：「反正我都忘記你說的是哪一次整蠱了！家姐你實在有太多可惡的事情，我真是記不清楚了啦！我們是姊妹嘛，我跟爸媽一樣都支持你的，你一個人在外國生活，尤其沒有我在，沒有人被你欺負，你一定會悶呆了，總之你要好好自己照顧自己呢！」

我登時哭了。灼熱的淚水在臉上滾滾流下，原來我是一直如此被接納著、被深愛著。

那麼，我又如何看待自己？我有確實地接納自己嗎？我又有沒有好好地珍惜身邊愛護我的人？

潔恩，謝謝你一直對我的愛，對我的體諒，對我的寬容。

讀者們，請你也要好好珍惜兄弟姊妹的手足情深，能夠成長於同一屋簷下，一同成長、一同快樂、一同憂患，是一種難得的福分。

請好好珍惜兄弟姊妹的手足情深，能夠成長於同一屋簷下，一同成長、一同快樂、一同憂患，是一種難得的福分。

一頭百厭的野猴子。

我也不知道是否因為自己天生手指的問題，會讓好勝的我在其他的範疇總要表現得比別人更強，還是生下來我就是天不怕地不怕。

反正，與其說我是一個女孩子，倒不如說我比較像一頭野猴子。

***

記得小時候妹妹和我一起到公園去盪鞦韆，膽小的她只敢小幅度的擺盪，可惡的我偶爾會從後大力推她一把，使鞦韆盪得高高的，登時把她嚇得呱呱大叫！

而我這隻野猴子，就是不知天高地厚，在鞦韆上會自己用力擺盪，愈翻愈高，愈高愈興奮！

呃！有一次，我得意忘形地翻過了頭，整個人從空中掉了下來，摔倒在地，弄得滿手臂皮膚擦傷滲血！（還好沒摔壞了腦袋，也沒有破相。）

啊！會不會是因為自己的雙手捏不穩鞦韆兩邊的鐵鎖繩索，我才會掉地？很多人看見我的一雙手，都一定會疑惑，這樣我豈不是很多事情都幹不來嗎？

也許是的，至少現在我彈鋼琴時，事實上還有很多音程是我應付不了的，我的手指根本沒有辦法跨越常人能輕鬆伸開的距離。不過，小時候我根本沒有去想那麼多，跟別的小朋友一樣，我對任何事物都一樣好奇，其他小朋友喜歡的玩意兒，我都愛玩。

例如，在我那年代小朋友很愛玩的竹籤遊戲——一筒末端給漆上漂亮色彩的竹籤，將之散落在桌上，然後每人輪流用指尖逐一挑出一根，而且絕不能令其他竹籤移動，像這樣要求靈活運用手指的遊戲，我偏偏愛玩！

又譬如抓豆袋遊戲——一堆小豆袋，伸手抓一個拋高，隨即用同一隻手抓另一個，再把正從空中落下的豆袋接住；這還不夠難，那些豆袋甚至是我親手縫製的！

除此之外，我愛編織毛衣，也愛玩自己編出來的橡筋繩……凡是需要運用到手指的活動，我兒時都不抗拒，甚至是樂於其中。

也許是我執拗的性格使然，又或者，事實上是小朋友的玩意兒本來都總會運用到手指，是甚麼原因也好，我只知道當有需要用到手指時，我沒有退縮，也並沒有特別感到自己正在克服一項困難。

我只不過是跟別的小朋友一樣，正在學習怎樣運用自己的一雙手。

***

我特別記得，有一次幼兒園開生日會，桌上放了琳瑯滿目的食物，其中一樣是那種只有五元硬幣般大小的超小型紙杯蛋糕。我伸手取了一個，卻發覺怎麼也搆不著那小紙杯的邊緣，沒辦法將那個小小的蛋糕從那小小的紙杯中掰開取出來吃。

胡亂翻來覆去一輪之後，我嘗試用右手僅有的兩隻健全的手指，慢慢地掰開小紙杯的紙邊，然後把紙杯剝開，終於成功了！

我絕對有理由相信，比起別的小朋友，這個小小的紙杯蛋糕，我一定吃得更香更甜！

以自己的能力克服眼前的困難，得到的成果和喜悅，必然比飯來張口、衣來伸手的「幸福」，來得更有滿足感。

***

正如前文所說，也許因為自己天生是野猴子的性格，我個性倔強，所以對於生活上所遇到的種種疑難，都會想盡辦法去解決，即使是需要運用雙手的難題，我都很少去逃避。

我希望看著我的往事的讀者朋友，你不必像我一樣橫衝直撞，但當碰到讓自己苦惱的事情時，請不要避開，嘗試用多角度思考，盡可能尋求解難的答案！

{ 以自己的能力克服眼前的困難，得到的成果和喜悅，必然比飯來張口、衣來伸手的「幸福」，來得更有滿足感！ }

如何愛上自己的一雙手

雖然說自己的性格倔強，天不怕地不怕，但在孩童至少女時期，我始終對於自己的外表感到自卑。

小時候的我，有一個很奇怪的習慣——

我會特別留意別人的雙手。

看人的時候，多會先看其手，如果別人的手指長得整齊修長的話，我心想：這個人的相貌一定也是好看漂亮的！

我不愛我自己的手。

無論從哪一個角度看，我的一雙手都是醜怪的。由此，我也覺得我自己長得不夠好看。

***

有一年聖誕節，友人送我一份禮物，卻讓我十分難受。

那是一雙手襪。

光看著手襪那十根「健全」的手指，就夠讓我討厭了！

大家可以想像一下，如果你有一雙健全的手，把手穿進手襪的時候，十根手指自自然然地就能夠找到自己的位置；可是我伸手穿進去，卻無法搞得懂該如何安放自己的手指。

不單是因為我只有三根健全的手指，而是整體上我的雙手根本就與別人完全不同，不是說有拇指就放進拇指的位置，有食指就放進食指的位置，其餘只有半截甚至沒有的就隨便讓指套空著那麼簡單。

我手裡拿著這雙手襪，看著它的構造，完全是不屬於自己的一樣東西。這雙手襪應該屬於其他人，凡有健全雙手的任何人都能輕鬆地穿上，但我不能。

我心有不甘，面對這雙手襪，想盡辦法希望可以像一般人穿上——左思右想，靈機一觸，在家裡找到棉花，便把自己的手指不能到位的空間都充塞填滿了！

就是這樣我把手襪穿上了，也彷彿嘗到了完整的感覺；可惜這不過是自欺欺人。我的手指讓我的自我形象低下，覺得自己比不上別人。

＊＊＊

除了常常留意別人的一雙手，我也會留意動物的手——事實上很多動物不太能分別出手和腳，所以說清楚一點，我是特別會留意牠們的肢體吧。

長頸鹿最惹人妒忌了，四肢長得筆直修長，身軀上面還有漂亮的圖案；猩猩也有像人一樣的手指，可惜牠毛髮太多；鳥兒雖然沒有手，但長有一雙會飛的翅膀，真讓人羡慕……

沒有手腳的動物最好，例如蛇就連一根小指頭也沒有，可是牠會咬人，很可怕！

我最愛看魚。魚主要有一個橄欖形的身體，雖然牠有魚鰭和尾巴，但看來都不太像是人的手和腳。逛金魚街讓我最樂透了！七色的彩魚在透明膠袋裡一擺一擺地游泳，像在跟我說：「我沒有手！也沒有腳！但我也能活得自由自在！」七彩神仙、金菠蘿、九角龍、海中龍等……我記得有很多品種。

後來，金魚街引進了爬蟲類，那裡竟有我最討厭的蜘蛛！

說起來，我對擁有八條腿的蜘蛛滿有怨恨！別的女孩見著蜘蛛，多數會嚇得花容失色，害怕得即時逃跑到遠遠的。可是給我見著蜘蛛，我反而會走近，更試過捉起牠來研究一番！

我左看右看，牠那八條腿，究竟是長得甚麼模樣的呢？我甚至試過拿出剪刀，狠心地切掉蜘蛛的長腿！

現在想起來，覺得少不更事的我太變態了！

我對自己小時候對蜘蛛的所作所為，實在感到內疚又後悔，讀者們千萬千萬不要學當年的我。

妒忌，會讓人變得邪惡！

這樣的我，真的太醜惡了！而促成這樣內心醜陋的我，無關長相的問題，也不是手指不健全的問題，而是因為——

我欠缺了自信心。

***

建立自信，是每一個人成長的必經階段。

我沒有覺得自己走的路特別困難，但在找尋自我價值這一方面，對我來說，確是不容易。說實在的，在我的成長期裡，我經常都因著自己那長得與別不同的手指，惹來了無數好奇的、訝異的、憐憫的，甚或厭惡的目光。

我感受到自己被歧視。

歧視，很多時候是因為不理解，而對不理解的人或事，很多人便將之簡單歸入「非我族類」的一群，然後用不一樣的眼光看待之。

***

還記得，我的幼稚園老師大抵並沒有處理過像我這種特別個案的經驗吧，所以她不太懂得如何安排我跟別的同學做同樣的事，於是曾試過把我擱置一旁，不加理會。

「黃愛恩，這手工，看來你是做不來了，你坐到一旁吧。」老師對我下指令。

年紀太小的我，當然不知道發生甚麼事情，就聽老師的安排，靜靜地坐在一邊，看著別的孩子做手工、玩遊戲……

今天說來冷靜，但小時候的我如此這般被長期忽略，心中的難受，只有自己知道。

***

另外有一些人，則可能是無心之失。

記得小學上學乘校巴，喜歡看風景的我總愛把手擱在窗邊，有一次司機看了喝道：「都已經沒有手指了，還這麼不聽話！」

我登時心裡一沉，但司機還沒說完：「如果給車撞到了，你連剩下來的手指都沒有了！」

聽見如此恐嚇的說話，我心頭更是揪緊了。

也許，校巴司機只是緊張我，不想我受傷才說這樣的話來告誡我，但既然到了今天我仍然能憶記起這件事，可想而知，司機的一番話，對我來說，是個不小的打擊！

兒時我也曾經聽見別的父母看見了我的雙手，便悄聲說三道四：「哎呀，這女孩怎麼沒有手指！」也許他們心裡還會認為是我父母做了甚麼錯事，才令我長成這個樣子。

小時候，我也的確曾懷疑過，這是否父母的錯？

無心之失不是罪，但這帶來對別人歧視的傷害，遠比我們想像的要大。

***

另有一種情況，大概是出於憐憫，說者無心、聽者有意。

有一次，我在餐廳上廁所後洗手，因為怕被別人看見我的雙手，所以下意識我會習慣迅速地搓洗，然後趕快收起雙手，誰知還是給旁邊的太太注意到了。

她盯著我的手，萬分惋惜地說：

「小妹妹，你長得那麼漂亮，手指卻長成這樣，真可惜！」

小小的我登時怔住了！

徹頭徹尾，我都不知道到底要如何回應，只感到熱淚在眼眶裡不住地打滾起來。

我相信這位太太是真心地關心我吧，可是我卻感到極度委屈——為甚麼我要讓人家感到這樣惋惜？我真是一個可憐的人嗎？

受到歧視自然不好過，別人的關注和憐憫，也同樣刺痛過我。

跟很多朋友談過，他們都說，雖然知道把殘障人士當作是普通人一樣看待是最好的做法，但是實行起來卻不易。

歧視之心難戒，惻隱之情更是難掩；用輕鬆自然的目光看待之，其實說易行難。無論如何，請盡量這樣做吧，這是我們最需要的。

***

我這一雙有缺陷的手，讓我受到歧視，令我曾感到難受；不過，到了後來，同樣是這一雙有缺陷的手，卻竟然可以完全相反地讓我感到自豪，而且更讓自己備受別人欣賞，這是一百八十度的轉變，怎麼可能的呢？

這個蛻變過程，全關乎一個人自己的心態。

或者說，我本身的性格算是比較倔強和反叛吧，別人說我不能，我卻偏有點要向虎山行的戰鬥格；但最重要的，還是我其實並沒有覺得手指上的缺陷會對自己的日常生活造成多大的影響。

所以，即使老師不理會我、校車司機責罵我、陌生人竊竊私語或公開揶揄我也好，在我不開心過後，我還是會繼續我行我素。

別人如何看待，始終是別人的事。

而我也實在慶幸感恩，回到家裡總是有不嫌棄自己的親人愛惜自己。例如我爸爸，他寫得一手很棒的書法，我看見了嚷著要跟他學，他樂意奉陪到底；我要畫畫，媽媽也讓我自由發揮。

對於興趣，我對自己從不設限，是勇往直前的。除了鋼琴外，我也有學彈古箏。哈，彈古箏需要套上假指甲，這樣子別人便不容易察覺我的手指有缺陷，感覺上很奇妙呢，在彈古箏的時候，也讓我滿有信心地告訴自己：我跟常人無異！

另一個興趣，是烹飪。我閒時頗喜歡研究食譜，做些喜歡的菜式，由構思食譜、購買食材、準備材料、到煮食的過程，我都樂在其中！十五歲那年，我還參加了煤氣公司舉辦的烹飪比賽，還贏得了「中菜組亞軍」！（不過我還得要說，關於入廚唯一不討我喜的，是享用美食過後那洗碗的環節，原因之一是我戴手套有困難，也因為沾有清潔劑的碗碟食具也真是滑不嘰溜的，我的小手太難抓住碗碟來洗，所以洗碗這部分還是留待親愛的家人和老公善後處理好了，拜託！）

還有，到我長大了，在美國讀碩士時，我在美國考車牌，而我只考一次，便成功取得了駕駛執照！當時我還以為自己取得的是「傷殘人士」車牌，但考官說我的雙手既能夠穩定控制方向盤，也可以握穩「波棍」，於是發給我的是正常的駕駛牌照！

***

總之，在家人的鼓勵和支持下，加上我有我自己固執不認輸的性格，我敢於接受生活上的任何挑戰。

可以說，如果很在意人家的說話，便會令自己在心態上軟弱起來，導致所有關乎要運用雙手的活動，都沒膽去做。

要記住——

價值觀不應建立在別人的角度上，我們不應活在別人的眼光下，每個人都有自己的獨特之處，也可以有自己的人生方向。

> 請注意：妒忌和怨恨，會讓自己變得邪惡！而且內心醜陋！這無關長相的問題，而是因為——欠缺了自信心。

由手術噩夢到人生三個美夢

無論是大人還是小孩，相信沒有人會喜歡待在醫院這處感覺上冰冰冷冷的地方吧。可是，因為我天生肢體上的不健全，無可奈何之下，我的童年經常都要進出醫院接受矯形手術，那段做手術的漫長日子，可以說是我記憶中一場又一場的噩夢。

***

媽媽跟我說，早在我六個月大的時候，便開始接受第一次手術。而在我懂事有記憶時，最深刻的一次，大概是三歲那年一次入院的感受——

我記得，當時在我的病床邊，圍站了多位醫護人員。我很害怕，幹嗎有這麼多醫生前來一起看我的呢？我的病情很嚴重嗎？

我心裡發慌，想逃卻逃不了。

「黃愛恩，你坐好在床上，請將雙手和雙腳都攤開出來。」其中一位醫生對我說。

在場的醫生有這麼多個，我即使是十萬個不願意也無力反抗，惟有照著醫生的指示去做。我坐在病床上攤擺出雙手和雙腳，那個姿勢，讓我覺得自己像是隻蛤蟆，也像頭猩猩，好醜怪！

醫生之中有人拿出照相機來「咔嚓、咔嚓、咔嚓」的，對著我的怪相來拍照，一張又一張，甚至用上不同的角度，把我的怪模樣都拍攝下來了。

***

雖然當年我還只是個三歲小孩，但都已懂得有自尊心。那一刻，我覺得自己是「肉隨砧板上」，被迫做出怪異姿勢，感覺上自己是赤裸裸的，也彷彿是在實驗室中的白老鼠一樣，任人擺布，難受又可怕。

另一趟可怖的經歷，是第一次被推進手術室的感受——

在手術室裡面，我躺在一張白床上，頭頂上有一盞大白光燈，旁邊是一盤盤銀色的手術刀。

好冷冰、好恐怖……

我還沒有定驚，護士便來到我的床邊，說：

「黃愛恩，現在要給你打麻醉針，準備做手術。」

即使是大人也怕打針，更何況我是個小孩子。不過聽了護士這麼說，我尚算勇敢，做好心理準備要給打針。

不料，我原以為那針是會給打在屁股上的，但下一刻有痛感時，才驚覺原來護士是將麻醉針打在我的腳踝位置上，而且我感覺到她一連共扎了四、五針……

好痛！

「呀，不成，她的血管太幼，找不到血管。」

我聽見護士這麼說，她一邊猛力地拍拍打打我的腳踝，又再多試扎了兩、三針，但還是不成……

天啊！我強忍著痛楚，又不敢哭出來。如此情況下，我聽到另一位護士急忙前來幫忙，終於她們多扎了一針之後，我便開始感覺到睡意了；然後，徐徐的、緩緩的，我就沒有了知覺……

***

每次手術後轉醒，又是另一場噩夢……

麻醉藥力漸漸退去，身體慢慢回復知覺，我卻感到自己在世界中天旋地轉，頭很眩暈。明明覺得意識是清醒了，怎麼身體卻還是未能自如活動的呢？

我躺在床上，動彈不得，搞不懂狀況，禁不住哭出來了。

再過了些時間，身體的皮肉回復知覺了，然而此刻除了頭暈，我感覺到做手術的部位在劇痛。

很折騰的狀況，我又再哭起來。除了哭，我還可以如何？

＊＊＊

手術之後，到我可以進食時，媽媽餵我吃東西，可是食物一吃進肚裡，我就吐⋯⋯

又痛又暈又吐又餓，既難受也無助，每次手術後都要承受這一連串的辛苦狀況，我都只可以用哭泣來釋放自己的苦楚。

＊＊＊

另一次「驚歷」——

我竟然在做手術進行中醒過來了！

當時，我的身體還在麻醉中，但頭腦卻漸轉醒過來。在麻痺感中，雖然沒有痛楚，但我知道醫護人員正在移動我的手，手術應該尚未完成，此刻我突然聽見一個護士驚呼：

「啊，她醒過來了！」

「那快給她聞氣！」另一把聲音說。

隨即有護士趕快讓我吸聞麻醉用的氣體，然後我又失去了知覺……

***

由半歲到十三歲，每年我都經歷大大小小的矯形手術，每次也是七月中旬學校放暑假時入院，在醫院做手術和留醫加起來大概兩星期左右，然後出院回家休養。

每次做完手術，那段留在家裡等待康復的過程也很不好受，尤其是傷口結痂的時候，紗布包裹著的動刀位置的皮肉都會異常痕癢，我試過抵不住隔著紗布抓癢，差點連紗布都抓破爛掉，媽媽看見都會連忙制止，因為傷口一旦受到細菌感染發炎，這就麻煩了。

***

等了又等，等到傷口癒合，拆線又是一次難堪的痛苦經歷。

每次醫護人員為我拆線時，我都會在醫療室中痛得呼天搶地。而為了安撫我，護士試過在拆線時給我零食，以移開我的注意力。

可是好心的護士姑娘這一招對我不管用，我仍然停不了嚎哭，我的慘叫聲別人聽見了，都一定覺得心寒吧……

***

想起來，護士姑娘曾拿來逗我的零食，當中竟然有朱古力手指餅！如今想起來，還真是諷刺呢！哈！

拆線後，我看見自己的雙手滿是刀疤，很難看啊！由此我生起了一個怪念頭——我想到自己將來長大了，要當一個醫生，卻不是為了救人，而是因為這樣我便可以執起手術刀，變成由我去操刀切割別人的身體！

很變態！這大概是一種報復心理吧！現在回想，覺得自己的念頭真是古怪又可怕！

＊＊＊

那段留院和在家休養的日子，為避免弄損傷口，我被叮囑不能亂跑亂動，而在沒有任何玩意下，我唯一的娛樂，便是看電視解悶。

八十年代，那時候播放的兩部卡通片《叮噹》和《我係小忌廉》，我都很喜歡！

我會發白日夢——叮噹會不會有法寶，可以讓我變出一雙完整健全的手呢？我又可否通過叮噹那道「隨意門」或「時光隧道」，回到媽媽懷著我的肚子中，並用法寶打敗細菌，好讓我可以生長出正常的手指？我又可否有小忌廉的魔法，變身做一個擁有完美十指的漂亮女孩？……

無論如何，我都好喜歡《叮噹》和《我係小忌廉》，以及這兩部卡通片的主題曲。我許下了心願，到將來我完成了所有手術後，我有三件事情要做——

第一：我要學彈琴！因為我尤其渴望可以親手彈出《叮噹》的主題曲！

第二：我要去迪士尼樂園！因為那裡是讓人開心盡情玩樂又沒痛苦的地方！

第三：我要環遊世界！因為每年暑假期間我都只能夠進出醫院和留在家裡休養，沒法子出外遊玩，我很想放眼世界，我要到處見識！

在醫院外面的大世界，有很多美好的事情，正在等著自己去追尋、去開創！

只要挺過去，一切會更好！

請不要只著眼痛處！世界上有很多美好的事情，正在等著自己去追尋、去開創呢！

遇上妙。手。仁。心。的醫生

由於別人對我有「三指鋼琴家」的稱呼，所以一聽之下，其他人即使不認識我，都不難理解到我只有三根完整的手指。

不過很多人沒有留意到也不知道的是，除了一雙有缺陷的手，我一雙腳的腳趾，也是天生發育不健全的。

我的一雙腳，每邊都只有尾趾是正常生長，左腳有三趾連在一起，右腳更是除尾趾外其他都糾結成一團。

跟雙手一樣，後來也得靠醫生為我做分割手術，才能令腳趾看來稍為像樣、也比較可以靈活一點應用。

相比起手指，腳趾的缺陷對我來說並沒有構成多大的生活影響，而我尤其也慶幸雙腳長有正常的尾趾。

大家可不要小看尾趾的功用！

尾趾可確保人們走路時不失平衡感，所以，這對我來說，是不幸之中的大幸。

不過，聽媽媽回憶時說，我左腳腳踝的肌肉裡，在嬰兒時期醫生發現長了個異常的收縮環（constriction ring），即是有不正常的組織束勒著腳踝的肌肉，情況就好像是有一條橡筋紮住了肌肉組織，後果是導致血液不能正常流通到腳踝以下的位置，也令腳部呈現缺氧的瘀藍色。

醫生說，這是個棘手的問題，假如處理不好，我有可能會成為一個跛子！

在我六個月大的時候，媽媽跟醫生討論是否要給我做切割手術；先不要嚇著，不是切去左腳，而是動刀把左腳上這個異常的收縮環鬆開。

但那時主診醫生跟我父母說，香港當時並沒有做過這種手術的案例，他本人亦沒有動手做過這種手術的經驗，所以他不擔保手術會成功。

雖說存在一定的風險，但不做手術的話，我可是會因為肌肉壞死而真的要截去左肢！無可選擇之下，父母都希望讓我盡快接受這項手術。

慶幸，手術成功了，這又是另一個不幸中之大幸。

現在我的左腳腳踝上還留有一圈皇冠形狀的切割疤痕，那是當年醫生為我除去這個異常收縮環的手術印記。

我一直都不知道當年為我動手術的醫生是何許人，要不是有這位高明的醫生，我大概已是個跛子了。

後來，有一次看電視節目時，播出了梁秉中醫生的訪問，當媽媽看見了他出現在熒光幕上，突然對我說：

「我認得！他就是當年為你做手術的醫生！」

噢！原來是梁秉中教授！

***

梁秉中教授現在是香港中文大學醫學院矯形外科創傷學系榮休教授，他亦擔任骨質疏鬆預防及治療中心總監等職務。一九九三年梁教授組織了義務醫療康復隊「關懷行動」到中國邊遠地方為居民義診，他在醫療及慈善工作方面貢獻良多，如今回想起來，我能夠得到這位名醫為自己作出治療，實在是太幸運了！

當年我年紀尚小不懂事，不要說從來都沒有向醫生道謝，心理上更討厭醫生為我帶來切切割割的傷痛。

現在我已經長大，而且活得好好的，既然如今知道梁秉中教授就是我當年的主診醫生，我真的很想親口向他道謝呢！

只是事隔多年了，不知道他會否記起曾為我這個四肢不健全的女孩動過手術呢？

我也不管太多，在網上找來梁教授在大學教學的電郵地址，便寫了封致謝郵件發給他，還附上近照一張，希望可以喚起他的記憶吧！——照片中，我正在彈琴，讓他可以看見我雙手現在的模樣。

料想不到，梁教授很快便給我回覆，他說自己雖然已不認得我的樣貌，但他記起我的一雙手，也記起了那手術刀在我手上切割而留下來的疤痕……

梁教授還在信裡提出，希望有機會相約我見面！

***

後來，我們約在中文大學的綜合教學大樓見面，當時我的心戰戰兢兢——

「你好嗎？」

甫相認，梁教授便親切的向我問好。

終於能夠跟當年自己的主診醫生相見，我心裡感覺震撼！我首先當然要向他道謝，然後跟他分享自己的近況。

在他面前，我也不介意主動伸出雙手來讓他看看，如此重逢的情境，感覺上自己再次讓醫生診症，而梁醫生當下給我的「診斷」是：

「嘩！你真的很棒呢，你比起其他音樂家更棒！」

他給我說誇讚的話，讓我一下子不懂反應，聽著心裡又驚又喜……

「彈琴對你來說，真是最好的物理治療！你本身很勇敢，竟然不怕困難，對自己的限制更是做出了突破挑戰。你這個經歷，很值得記錄下來做醫學研究啊！很有參考價值！而且，你的康復案例會帶給醫護人員莫大的鼓勵！」

對於自己先天四肢有缺陷，我一直都沒法得知真正原因為何，我趁著這次難得的面談機會，向梁教授請教。

「其實很多情況也是沒法解釋的，母親患有德國麻疹是其中一個原因，有時候嬰兒的手腳也有可能在懷孕的過程中被臍帶纏上，會變成蓮藕一節節的模樣，嚴重的甚至會被截斷……」他耐心地試著向我解釋不同的情況。

聽梁醫生這麼說，我想到自己不至於完全失去手和腳，那又真是不幸中之大幸。

「以你的情況，當年的手術過程真是很有風險。」

梁醫生一邊捏摸檢查看著我的雙手，一邊回憶起當年為我做手術的情境。

「因為手指上有很多神經線和血管，如果下刀稍有落差，就會弄壞神經線和血管，輕則影響手指的動彈靈活度，重則會令手指失去感覺或壞死。」

我是多麼的幸運吧！

在醫院動了這麼多次手術之後，長長短短的每根手指，都不失感覺和靈敏度，那的確又再次是另一個不幸中之大幸。

***

對於自己天生的缺陷，我當然有抱怨過上天對自己的不公平，也因為做手術的痛苦經歷而曾經對醫生沒甚麼好感，但當親身跟梁醫生見面和傾談後，我重新審視自己的狀況，也對醫護人員有了新的看法。

人體的構造是奇妙、複雜的。

有些情況是醫生也無法百分百掌握得到如何治療，但我相信病人對無微不至的醫護人員若能建立一定的信任，這對於病人與家人以至醫護人員本身，都可帶來鼓勵作用。

***

在我們的人生中，總會遇上無助、失意、沮喪的時候，在痛過、傷過、哭過後，回想一下——

是誰曾給自己幫忙、為自己伸出援手？

當自己有能力時，請你也要對身邊有需要的人，付出關愛！

近年，我也有到不同的醫院分享自己的經歷，為醫護工作者打氣，也希望藉著這些機會，來回饋和感謝醫護團隊當年曾給我在醫療上的幫忙！

感激生命中給自己幫助的人，當自己有能力時，也請對身邊有需要的人，伸出援手、付出關愛！

第二章——手尋夢想

琴。蓋。掀起了

鋼琴，是我生命中不可或缺的一部分。

今天的小朋友會懂得三幾樣樂器並不稀奇，而會彈鋼琴，更幾乎是基本的要求！可是，在我成長的那個年代，一個家庭讓子女學彈鋼琴，是學業以外非必要的項目，加上學琴的費用並不便宜，所以我真的感謝父母親如我所願，讓我去學。

回憶中，第一次接觸鋼琴，只是一部從國貨公司買回來的鋼片玩具琴，其實琴鍵硬綁綁的，敲出來的音色，尖鋭刺耳，但已是我兒時一件最佳玩物！

後來有一次，小小的我拉著媽媽到琴行內逛，走到一座欅木製的鋼琴前，對琴身幻彩似的木紋看得入迷。那擦得發亮的木面，反影著我同樣發亮的雙眼。

我急不及待，勉力地掀開琴蓋，媽媽見著，連忙伸手去扶，生怕一不小心琴蓋掉下，會把我的手夾著，又怕我把人家的鋼琴摔壞。

＊＊＊

琴蓋掀開——

一陣沉實厚重的木香撲鼻而來。

醒神耀目的黑白琴鍵，整整齊齊地、一個挨一個的，列隊排在我眼前，是我出生以來看過最美的畫面。

我半帶猶豫地伸出小手，挑了一枚白色的琴鍵，不確定地按下。

琴音微弱，可是在我聽來，恍如天籟之音。我的心弦，就被這一下琴聲撩動起來，至今記憶猶新。

我確實是對鋼琴迷戀上了。

***

我家裡的環境並不富裕，讓孩子學琴是一項額外支出，更莫說是購買一座鋼琴回家供我練習了。

但我真的很想要！苦苦哀求下，母親終於答應我——如果我考試成績達到要求的話，就讓我學琴和買琴。

於是，我拚了命付上全副精神用心讀書，結果成績真是不賴的三級跳！

如是者，我奮發圖強溫習，就在十三歲那年，也是我完成最後一次手部矯形手術的那一年，我終於可以學琴和擁有一座鋼琴了！

我花了很多的心機和工夫，才得到學琴和擁有一座鋼琴的機會，所以我十分珍惜自己與鋼琴之間的這段情緣。

看著搬運工人把一座簇新的鋼琴抬進客廳裡，我雙眼炯炯發亮，不住在搓手。等到工人們將鋼琴安放好並離開，我急不及待地走上前，拉出鋼琴椅，深呼吸，坐上去。

腰板挺直的、愛不釋手地，在琴面來回輕撫一番。

新琴的味道濃烈，其實並不好聞，但我卻甘之如飴。

我坐到鋼琴前，一一試奏。雖然我還不懂得任何指法，更未學會運用我那些跟別人不一樣的手指，但我用上自己的方法去摸索著，試著彈出琴音……《叮噹》、《我係小忌廉》等等這些平時朗朗上口的卡通片主題曲，

可以說，鋼琴就是我生命中的魔法盒子，琴蓋一掀開，為我變出了一個新生命。

我的世界，因為鋼琴，變得不一樣了！

下過苦工、經過努力，你會更加珍惜得來不易的機會！加油！

煉成屬於自己的樂章。

回想當年，雖然我心裡是那麼熱愛鋼琴，但我仍要依從父母的約定，在學業考試取得了好成績，才能換來學琴的機會。也因如此，當我終於得到學彈琴的機會時，便特別珍惜。

鋼琴老師給我的樂譜我會勤加練彈，而當聽到一些喜歡的樂曲，我會努力記住樂音，然後自己試著敲彈，哪管只是卡通片的主題曲而不是甚麼名家的作品，哪管我彈出來的音韻並不太像樣，但我十分熱衷，樂此不疲。

我實在太愛鋼琴了！它就像我的好朋友，每當我聽到甚麼，都想與它分享，會努力試著用自己的方法去敲敲彈彈。當然，那時候我全然不知道，這樣憑直覺去摸索屬於自己的彈琴方法，比起依書直說、照著琴譜逐個逐個音符爬著彈，真是要有用和有效得多呢！

事實上，以我的手指那特殊的狀況來說，我也不太可能依書直學，因為很多琴譜上載有我長短不一的手指無法跨越的音程，我必須要用自己的辦法去特別處理，才可以彈奏出來。

那麼我的方法是如何呢？很多人都問過我。

我絕對不會說這是自己獨到的彈琴技巧，而且我相信把經驗說了出來，其他人都應該會認為這並不是甚麼大發現，那甚至可以說是大家都知道的方法，只不過沒有加以運用而已。

這真的不是甚麼秘技——用心聆聽（listen by ear）。

我不過是先用耳朵感受音樂，再去摸索著來彈。換句話說，我學琴是由耳朵開始，接著動手自學彈奏，再後來才正式跟老師學習基礎技巧。

聆聽的經驗非常重要，對音樂有了感覺之後，雙手便自自然然蠢蠢欲動，即使沒有譜，也能彈出大概，加上後來從老師身上學習到技巧，便更能掌握得宜了。

***

在正統學琴的過程中，有一件事情讓我特別深刻——

小時候有一次報考鋼琴試，但見樂章上有些音符是我無論如何都彈不到的，有點機靈（或者應該說是狡黠）的我，偷偷地把那些音符擦掉，然後又填補被擦掉的五線譜，好讓琴譜上看來從來都沒有畫上過那些我搆不著的音階似的。

主考官當然不可能給我騙倒，他顯然知道我擅自把樂章改過了，但他並沒有指出來，更讓我過關了。

＊＊＊

普通的孩子沒有這個必要，在演奏時他們也許從來都不會想到要去改變琴譜上已經編定好的音符，但這個過程卻意外地讓我對音樂的組成結構有了更深入的了解。

學琴的人都愛彈貝多芬的《給愛麗斯》（"Für Elise"），那優美的旋律，深深地吸引著一代又一代的鋼琴學生，當然我也不例外。還沒有考取足夠的級數去應付這篇中級程度的樂章，我便用小小的手指在琴鍵上把音符逐個逐個的爬出

來，碰到對的音階就記下來。

靠著自己在琴鍵上摸索，我慢慢地學會了這首名曲開首那段以連番半音作主題、家傳戶曉的主樂句，真的很有滿足感，我甚至快樂得連離開鋼琴的時候也在嘴邊把樂音哼個不停。

可是，當後來我翻到樂譜的第二頁，見著一連串橫跨八度音程的符號時，我幾乎要投降了，那難度似乎是我無論如何摸索也彈不到的啊……

沮喪了好一陣子，倔強的性格又發作。

我想：我總有辦法可以彈得到的！於是，我又重新坐到鋼琴前，試了又試。

那些急速地在遠距音程之間跳動的音符，我的左手跨不了那麼遠，想著撥給右手來彈，卻因右手同時也有類似的音符要處理而兼顧不暇。

後來我發現，那由左手伴奏的一高一低跳動的音符中，原來有些主旋律是蘊藏在低音部分，而高音只不過是裝飾音而已；所以，即使棄掉高音不彈，對整篇樂章的結構影響也不大。

如是者，誤打誤撞地，我學會了分析樂章的結構，留意到樂曲裡每個音符和樂句所表達的是甚麼，而不是琴譜上印著甚麼就囫圇吞棗地彈出來便算。

***

我的手指帶給我學琴路上很多限制，也許克服這些困難並不容易，但

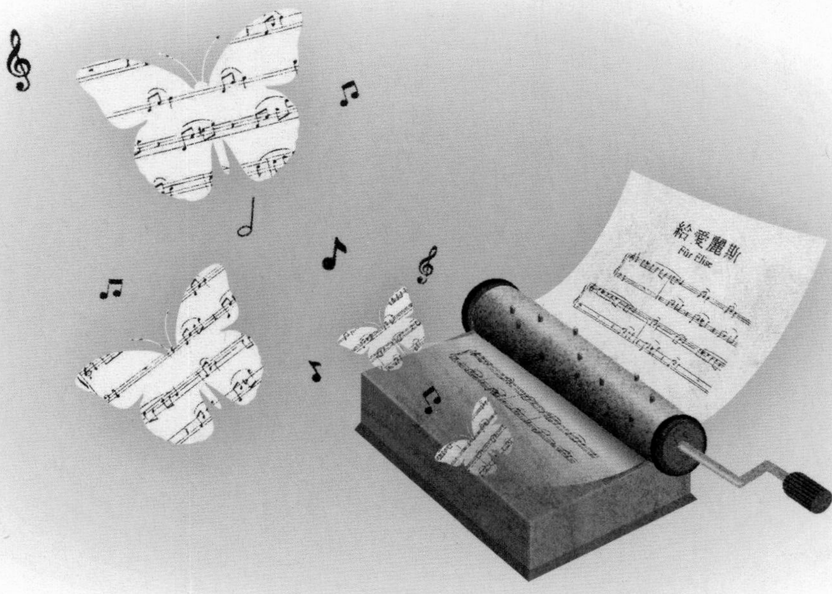

卻正正因為這些問題而迫使我去動腦筋，找出解決問題的方法。而在自行摸索出路的過程中，我對自己所喜歡的音樂得到更透徹的了解，這是意外的收穫和得著。

想一想，如果我擁有如常人一樣的手指，說不定我不會花那麼多工夫和時間在同一篇樂章上，去研究有甚麼更好的方法來把它演繹得更動聽。

在生活上，我們時常也會遇到看上去像是不可能解決的問題，但只要我們用心思考，不輕易放棄，說不定那正正就是能讓自己更進一步的契機！

{ 聆聽的經驗非常重要，對音樂有了感覺之後，雙手便自自然然蠢蠢欲動，即使沒有譜，也能彈出大概，加上後來從老師身上學習到技巧，便更能掌握得宜了。 }

不可多得的兩位恩師

小時候自從開始學彈琴以來，我都總是獨個兒彈奏，頂多在家裡練琴時，會讓家人聽到自己的琴音。而即使是最要好的朋友嚷著要聽我彈琴，我也會要求對方別過臉去背對著我，我才稍為放心起彈。長久以來，我都只是停留在自己一個人的演繹世界裡，我還沒能夠豁達地、充滿自信地於人前自如彈奏。

因為熱愛音樂，所以入大學選科時，我決定修讀香港中文大學音樂系。那時，我總是會選擇在繁忙時段過後才使用大學的琴室練習，只因生怕自己那錯漏百出的練習曲音，會飄到外面去，讓同系的高手同學們聽見了，獻醜不如藏拙，擁有十根指頭的同學們，彈得都很厲害呢！

其實琴室的大門都已給緊緊關上了，房內的隔音設備也相當完善，但我還是刻意讓自己放輕力去彈，盡量降低琴音發出的聲響。

我真的很愛很愛鋼琴，不願意讓我的最愛在我手下成了敗將，演成一齣鬧劇。所以，在我自覺琴藝仍然稚嫩，還是技不如人時，總不願意讓別人聽到我的琴聲，就像小朋友作文或繪畫時，總是害羞，不願讓別人看到自己尚未完成的作品一樣。

不過，世事奇妙，連自己也料想不到，現在的我卻竟然經常公開作出鋼琴演奏，甚至以我那不正規的三指彈法，去教我的學生彈琴！

今天我之所以能夠自信地以一位鋼琴演奏者的身分跟大家分享這些故事，其中必須要感謝兩位恩師。

***

第一位，是我考進中大音樂系後，有幸遇上的啟蒙老師——吳美樂博士。

還記得那天，我戰戰兢兢地去叩吳博士的門向她拜師那個情景。

我攤出手掌來，坦蕩地給她看看我那一雙生長不健全的手；然後，她沒有半點猶豫，便立即應允了擔任我的指導老師，當時她那堅定的眼神，至今我仍然記憶猶新。

「看，」她在我面前伸出她自己的手掌，又捉起我的手，跟她的比對一下，「你看看，我的手伸出來看，跟你的比較，我的一雙手其實都很細小呢。」她這麼説，相信就是為了鼓勵我，為我建立自信心吧。

吳博士本身是一位心思縝密，又能將心比己，也很懂得了解學生需要和困難的老師。為了教導我和讓我發展出一套適合自己的彈琴方式，她更嘗試將自己的手指屈曲起來，模仿著用我那些長短不一手指來彈琴，她代入我的角色，感同身受我所面對的境況。

我永遠記得，吳博士教我的一個重要人生道理，她説——

每個人在學習時，都會因應自己的長短，而遇上不同的困難，千萬不要墨守成規，用心用功之餘，也必須要獨立思考，發展出一套屬於自己的解決問題方法。

在遇上吳博士之前，教過我的鋼琴老師，總是避免讓我學習一些難度較高的樂章，也許怕我根本應付不來而浪費了（他們的）時間吧。然而，吳博士從不説不，也從不説難。

當然，某些樂章對我來說還是較難拿捏的，譬如音程太闊，別人用一隻手能跨越八度的音階，她就教我想辦法用另一隻手來配合，用自創的方法去彈出屬於我的音樂世界。

雖然說自己有幸拜吳博士為師，但我跟她上課時，也經歷過非常掙扎的黑暗時期。

那時候吳博士會特別著我要去練習好巴哈（Johann Sebastian Bach）的樂曲。說起來，巴哈的作品實在也是每個鋼琴學生都必經學習的，可是十個學生之中，往往有九個都不喜歡彈他的曲子！為甚麼呢？

因為巴哈的樂曲有一個特點，就是非常著重琴手的對位法技巧（counterpoint），幾條旋律並行，左右手必須靈活交錯應付，樂音跳躍又快速，雖然音與音之間的距離幅度未算很大，但因為密集，手指真是非常容易「行差踏錯」！例如他的《幻想曲》"Fantasia in C Minor, BWV 906"，樂譜上包含很多細碎的裝飾音，我練習了九個月也還是錯漏百出，無法拿捏，心裡很是沮喪。

有一天，我真的覺得要投降了，於是向吳博士自首：「唉，吳博士……」我哭喪著臉，「巴哈的曲子，我實在是不行，真的彈不下去了……」

吳博士聽後，頓一頓，思考著我所面對的苦況；然後，她鼓勵我說：「我明白，我理解你的手的缺點是跨不到八度，不過這樣啊，你要知道，巴哈的曲子正好就是音與音的距離較短，所以呢，雖然你的手指撐開來跨不到八度，但你兩隻手只要配合得到輪流去彈轉手多幾次，也轉得快一點，你就可以彈得到了！」

她總是正面地給我打氣：「如果你能夠練習好巴哈的曲子，你的手指會更加靈活！You can do it!」

我深深記得，她經常掛在嘴邊的這一句：「你一定得的，You can do it!」

吳博士常常都會用輕鬆幽默的說笑口吻，讓我相信自己是可以做到的：「你轉多幾次手，轉多幾次熟習了，便能夠輕鬆地彈，而且可以很快就到達目的地了！別人轉一、兩次手，那你就轉四、五次，轉得快一點，不就彈到了啦，對不？來吧，再練，不要放棄。」

她不斷不斷地為我加油：「耐心練好巴哈的曲子，手指就會更加靈活，以後彈其他曲目都難不到你了！」

跟其他已考取演奏級的同學不一樣，我在大學二年級時才考到第八級，而吳博士教我的曲子，統統都是演奏級的程度，我每次冒起自己不行的念頭時，她總是會反過來説那一句：「你一定得的，You can do it!」

現在回想，全賴吳博士給我的勉勵，她一直都在推倒我給自己設下的所謂極限，讓我可以一直行前又行前多一步。

而除了巴哈的練習曲，吳博士也叮囑我要多彈多練法國知名作曲家德布西（Claude Debussy）的作品，例如《第一阿拉伯風》（"Arabesque No. 1 Andantino Con moto"）和《夢幻曲》（"Rêverie"）等。

德布西是一位「印象樂派」經典大師，他敢於在音樂創作和演繹上實驗不同的技巧和聲效，讓他的演奏自成一格。

印象派音樂講求情感和想像力的表達，讓別人聽見音樂時，同步幻想畫面。吳博士特別利用德布西的作品來重點訓練我的聽力，她強調我必須要留心聆聽自己所彈出來曲子有沒有感情；琴手的彈奏技巧固然重要，但更重要的還是音樂之中有沒有投入了情感，必先能自我感到陶醉，才有感染別人的可能。

吳博士叮囑我要積極去演練德布西作品的另一大原因，是因為他的樂曲非常重視腳踏（pedalling）的應用，由此可以彌補我本身手指靈活度不足的缺點。

德布西的曲子不單單著重指法技巧，他還會著意透過腳踏去營造出不同音色（tone color）及連音（legato）的效果。練習德布西的樂章，可以讓我明白如何透過踏板的輕重，來營造出延音的感覺。這技巧對我來說尤其重要，因為單憑我長短不一的手指，較難做出流麗動聽的連音要求，但只要運用踏板來產生延音，我便可以彈出連綿音色。

「用雙手去彈出連音，對你來說或有點難度，但你可以改用腳踏，將琴音相連起來。」吳博士耐心指引，想盡辦法來教我克服困難。

吳博士的確是一位很會因材施教的導師（套用在我身上，便是教我運用雙腳來補救雙手的缺陷），不過操控腳踏也委實不易，一旦踏過了頭、又或者踏得不準不穩，還有你的手腳互相不配合的話，都會糟蹋了樂曲，令琴音聽來混濁吵耳。

雖然吳博士要我練習的琴譜都有相當的難度，但她還是會提醒我不要盲目追求技巧，囑咐我首先要用心把音符彈好，重點是能夠表達自己的情感，這比起能演奏出高難度的樂章更加可貴。

我實在感激吳博士對我的指導，是她讓我明白彈琴可以有打破常規的方法，也教我知道建立自己個人的風格和彈出音樂表達的情感，才最為重要。

＊＊＊

除吳博士之外，另一個我要感謝的人，追溯至我的少女時代，她就是在聖公會莫壽增會督中學任教音樂科的陳尚芸老師。

中學二年級時，陳老師十分大膽地起用我作為早會的司琴，她對我的信任是多麼的難得！不過當年的我一開始時自信缺缺的，幸而陳老師對我不斷鼓勵，給我肯定的信心。

記得第一天，我當早會的司琴，同學們就只能夠聽到琴聲從禮堂的簾幕後隱隱傳出，因為我自行把鋼琴推到了簾幕後，生怕有人看到彈琴的人就是我。

當時老師沒有阻止我，只是靜靜地待在一旁耐心觀察。反倒是那天過後我感到自己這副樣子去為早會彈琴，真是太不像樣了吧？

於是，到第二天早會時，我鼓起勇氣，將躲在簾幕後的鋼琴，向外稍稍推出了一點點。大抵沒人會留意到這一點，可那卻是我克服心理障礙的一大步。再到下一次早會時，我又再將鋼琴往外推出一點點。每日如是者，過了一段日子，我這個神秘兮兮的司琴手，終於正式在台上露面了。

非常感謝陳尚芸老師給我磨練膽量的機會！

***

有著對鋼琴熱愛的一股腦勁兒很重要，但假如從沒有出現過這兩位啟蒙恩師，在音樂的路上我很可能永遠都無法超越自我屏障，找不著自己可以發揮的潛能，也走不出自我設定的局限。

這兩位用心的好老師，都曾經幫助我將自信心一點一點地建立起來，她們對我的扶持，實在感激萬分！

每個人在學習時，都會因為自己的長短，而遇上不同的困難，千萬不要墨守成規，用心用功之餘，也必須要獨立思考，發展出一套屬於自己的解決問題方法。

因為我沒有完整的十隻手指，所以很多人都會好奇問：「你彈鋼琴有甚麼技巧，會有甚麼秘訣嗎？」

重要的弦。外。之音。

相信每個人做每件事情時，都總會有自己的一套方法。對鋼琴這樂器，一般學生都會先學習閱讀五線譜、認識音符、了解節拍的意思，同時記住音名和其琴鍵所在位置，然後開始練琴。當然我也要學好上述這些樂理和手部協調的基本功，但我認為學習樂器首先必須要養成一個重要的習慣，就是配合耳朵的運用。

耳朵的運用，即是聆聽。在琴譜面前，很多學生都會小心翼翼地對照著音符與琴鍵逐個音敲出來，當然這樣子勤加練習，不錯是可以將全首曲子的音符都彈準了，但聽起來的音色，卻往往既生硬又機械式。而我的習慣是——先聆聽樂曲本身（例如聽唱片，尤其現在人們都可以輕易從 YouTube 或其他音樂網站搜尋到相關的影片），在看過聽過有了初步的印象後，音韻自然入腦，而即使面前沒有曲譜，我也總能揣摩地彈出大致來，要是有曲譜，就能更快上手彈出樂章。聆聽是很重要的，可是很多學生都忽略了這方面的練習，甚至因此而通過不了皇家音樂學院的聽力考試。事實上，很多出色的琴手會玩即興音樂，那出神入化的彈奏技術，大都得自其靈敏的聽力！

除了要用耳朵去聆聽自己所彈奏出來的音色外，還一定要做到用心演繹，我手彈我心，表達出樂曲的情感。琴手能夠彈出感動自己也能夠打動別人的樂章，這音樂才叫好！

我練琴的其中一個方法，是邊彈琴邊錄音，彈完之後聽錄音，由此知道自己剛才所彈出來的樂章聽起來感覺如何，最基本是留意拍子有否快了或慢了、輕重的處理是否恰到好處、左右手又是否協調和諧等等，最重要的還是聽起來對音樂的整體有何感受。

除了自己錄音讓自己重複聆聽，也可多請朋友和家人來聽聽自己的彈奏表現，讓聽眾給自己評語，這樣做可以更加客觀地知道自己所彈出來的樂章能否打動人心。我曾經也很害怕在別人面前演奏，怕自己獻醜丟臉，但原來讓別人聆聽自己的音樂，不但可以從人家的評語知道自己在琴藝上的不足之處，這有助改進之餘，也有益於建立自信心。再者，能夠跟別人分享自己喜歡的音樂，說到底都是一件樂事嘛，一舉多得。

多聽大師的演奏曲也是必須的。

上一篇文章也提到，我的大學指導老師吳美樂博士要求我勤加練習巴哈和德布西的曲譜。巴哈的對位法技巧在演奏時發揮得淋漓盡致，其巧手在彈奏主旋律的同時，又極致地演化出其他層次的輔助旋律，在琴鍵上彈撥碰撞出優美之音，每次聽他的音樂，總能感受到那份收放自如的情感，讓我著迷極了！至於聆聽德布西的樂曲，不但可以隨曲聯想出優美畫面，更可以讓我感受到他悠然自得的琴鍵與腳踏配合，如何演繹出行雲流水的延音效果。

你也可以向大師研習其專長，然後找出適合自己彈奏的方法。每個人都有自己的獨特之處，彈琴如是，做人也如是。我的手指不靈光，但這不妨礙我對彈琴的追求。

當你有心去做好一件事，你就會想去了解更多可以讓自己進步的方法。

記住——世上無難事，只怕有心人。

{ 為了追求目標，請想盡辦法去了解和摸索如何讓自己進步，學會基本技巧後，再自行發展出一套屬於自己、也更適用於自己的方法。 }

了。

到美國尋夢。

很多人都問我，為甚麼我會到美國讀「民族音樂」呢？一般人都認為這門科目太冷門了。

我在香港中文大學讀學位課程時，主修「古典音樂」，而大學二年級時選修了「世界音樂（World Music）」一科，由此讓我較有系統地認識到世界各地不同民族的音樂文化。那時我剛巧在教會裡跟朋友組織樂隊，本身又很喜歡聽黑人音樂，所以在大學裡有機會修讀相關科目，自然要把握機會投入學習。

我鍾愛黑人音樂，因為在他們的演唱之中，總可感受到那份由心而發的澎湃激情，還有那種淋漓盡致的真情流露。而選讀了世界音樂這一科，我需要選一個題目做功課，順理成章地，我決定以黑人音樂為研究專題。當年我有幸取得大學發放的一筆小型獎學金，讓我可以親身到美國進行一趟為期三個月的黑人音樂實地考察。（哈，還記得我提及過自己兒時的夢想嗎？這次美國之行，我第一件事就是去了迪士尼樂園遊玩！實現了自己小時候那個願望要到樂園玩個痛快的夢想！）

在美國考察期間，我去了洛杉磯、芝加哥、紐約，到訪當地的黑人教會，研究當地黑人音樂的文化象徵意義。其實這趟旅程我是戰戰兢兢的，尤其是去到紐約的哈林區（Harlem），那裡一直是黑人的聚居地，更是電影中經常描述到的犯罪黑點，殺人放火等任何罪行也有可能發生，但為了做實地研究，我也沒想太多了，隻身闖進當地的黑人教會去，感受那裡的氣氛，訪問那裡的人物，研究那裡的音樂。為了讓功課內容更充實，我還相約了加州大學洛杉磯分校（University of California, Los Angeles，簡稱 UCLA）的教授 Professor Jacqueline Djedje 做專題訪問，她本身就是非洲音樂專家。

那三個月的考察非常難忘，讓我對世界音樂的眼界開闊了很多，特別領會到黑人音樂的人性化和生活化，他們可以隨時隨地都打起節奏、聞歌起舞呢，不論是家裡的一張桌子，或是路邊的一個垃圾桶，甚至是自己的一雙大腿也好，只要是可以用來敲打出拍子的，那便是他們的樂器了！

我們又很常見黑人跟別人聊天交談得興起時，會不自覺地把話愈說愈快，而且很自然地還會加入韻律和節奏，這就是所謂的「繞舌」（rap），身體又會有節奏地擺動，黑人就是喜歡這樣子率性地表達自我情感，這也是他們特有的一種身體語言、人與人之間溝通的方式。

研究黑人音樂，讓我也反思了自己一直所學習和所理解的音樂是甚麼？——我的音樂、我的演奏，也可以這樣子人性化和生活化嗎？我可以用音樂跟別人溝通嗎？

回到香港之後，我繼續大學三年級的學業。一次，跟韋慈朋教授（Professor Larry Witzleben）傾談畢業後的人生路向時，我跟他提及到經歷過美國考察之旅後，確定自己喜歡民族音樂，他知道我曾為了做功課而認真地相約UCLA的學者做專題訪問，於是他鼓勵我可以更深入地以黑人教會音樂為題寫畢業論文，並認為我有潛質深造，進一步修讀相關碩士課程。

到美國讀民族音樂的想法，就是由此萌生。不過，因為當時家境所限，到美國留學和生活的開支將是一筆沉重的負擔，於是在中大畢業後，我還是先打住了讀碩士的念頭。我找了一份小學音樂老師的教職。基於經濟理由，我心想，先打工儲一筆錢吧，留學的事情日後有機會再作打算。

之後，每個月我都節儉生活，將一半人工儲起來。而做了一年小學老師之後，我檢視自己的人生，想到假如這樣子做小學老師過上一輩子，我會不甘心啊！到美國讀碩士的念頭，又再重燃起來……

那好吧，想做就去做！我在心裡做了決定，便向 UCLA 申請入學，也慶幸 UCLA 也真的正式取錄了我！

我就是這樣子開始了自己在美國留學的日子。本來只打算讀兩年碩士課程便心滿意足，沒想到後來我會全情投入，接續修讀博士學位。在美國進修，由碩士到博士課程，一待就是七年時間！

***

每個人的人生路都不盡相同，我曾經因為經濟困難而擱下到美國讀書的想法，事實上我們很多時候難免會被實際的生活問題而阻擋去路，也沒有膽量去為安穩但乏味的生活作出改變。作為過來人，我的建議是——

多聆聽自己的內心，有了想法便計劃實行，前路就是這樣子走出來的！

> 我們很多時候難免會被實際的生活問題而阻擋去路，也沒有膽量去為安穩但乏味的生活作出改變。請多聆聽自己的內心，有了想法便計劃實行，前路就是這樣子走出來的！

民族音樂教我的人生課

在美國UCLA留學的七年時間，讓我更加深入認識到我所愛的音樂學問。西方古典音樂，是吸引我去開啟音樂大門的鑰匙；而民族音樂（ethnomusicology），則是在我打開了這扇瑰麗的大門後，讓我博覽到一個更廣闊的音樂大世界。

西方的古典音樂領域，講求精雕細琢的技巧，重視音色細膩、拍子精確、力度準繩，務求做出完美極致的演繹。如果將之形容為一個人，這個人雍容華貴、一絲不苟、不容有失；至於民族音樂這個人，則是自由奔放、率性隨心、放浪狂野的。

有別於西方古典音樂給人一份不可褻瀆的神聖特質，民族音樂顯然就是由平民百姓所擁有。

我到美國研究黑人教會音樂，在參與聚會時，深深感受到黑人高唱靈歌時的一份熱血沸騰。究其原因，發現這與黑人的歷史文化背景息息相關。

在歷史上，黑人曾一度被視為奴隸，即使成為了基督徒，他們都是被禁止到教會參加聚會的。自由被壓抑，唯一的發洩方法，便是憑歌寄情，他們以粗獷沙啞的腔音，用力唱出含有宗教意味的歌詞，藉此來表達自己嚮往人生自由和進入天國的渴望與訴求。

民族音樂本身就是具有功能性的用途，被用於人們的生、老、病、死的種種儀式（rite of passage）中，如割禮、婚禮、喪禮等。無論是歡唱或是哀唱，那伴隨拍拍打打的樂器敲擊，以及不斷迴圈往復的循環演奏，不一定悅耳動聽，但你會從中感受到音樂當中的人性化。又因為民族音樂的旋律簡約、歌詞簡單，讓人容易琅琅上口，所以尤其適合群眾一起舞動歌唱。

西方的古典音樂，都是在華貴的音樂廳上演的，演奏者崇高地在台上演奏，欣賞的觀眾都靜心地在台下陶醉聆聽；而民族音樂的表演舞台，則是由群體共享，歡迎人們隨心加入，同唱高歌，無分誰主誰客，每個參與的人，既是演出者，本身也是聽眾的一份兒。

一直以來，在香港接觸民族音樂的人不多。原因之一，這地方曾經是英國的殖民地，故音樂教育也受西方主導，學音樂而要取得資歷認可的話，都要通過英國皇家音樂學院的考核。我本身都是由古典音樂學起的，所以也深受西方音樂教育制度所影響。

當然，香港是中國人的地方，有不少人學習中樂，也有人愛看粵劇、京劇等，但似乎還是學習西方樂器的人比較多吧。非洲、南美洲的民族音樂，則更少人認識。

不過，喜見近年有愈來愈多人對民族音樂產生興趣，例如非洲鼓（djembe）、夏威夷小結他（ukulele），甚至有人開始認識和學習巴西戰舞（capoeira）等。

究竟音樂是甚麼呢？

西方的古曲音樂，讓我懂得品味極致完美的音色；至於民族音樂，則使我感受到人性的親和力量。

西方音樂要求嚴謹的演奏，民族音樂則主張隨心變調，有人以為非洲音樂是亂打拍子，其實那是一種多重節奏（polyrthytm）的概念。

總之，西方和民族音樂各有特色，兩者的差異令我對音樂有更深層次的了解，由此也擴闊了我對世界和人生的看法。

民族音樂教曉我最有意思的一堂課，就是做人應該要放下自己心中的一把量尺，不要太狹隘地看每一件事。

於是乎，待人處事時，我變得寬容多了，更多從別人的角度去設想，然後我發現，生活裡可以有更多不同的可能性。

我慶幸自己在學習西方音樂的同時，也研習到民族音樂的文化底蘊和精神面貌。我所得著的，已超越了音樂本身的範疇，這讓我的人生角度，飛翔得更高、更廣了！

{ 民族音樂教曉人們最有意思的一堂課，就是做人應該要放下自己心中的一把量尺，不要太狹隘地看每一件事。待人處事時，更多從別人的角度去設想，便會發現生活裡可以有更多不同的可能性。 }

我的學習障礙

很多人今天看到我在學業上有博士學歷的成就，總覺得我是個聰穎的人，不過我所走過的路，曾經是多麼的崎嶇不平，真是有苦自知！

初時得到 UCLA 的入學取錄，心裡熱切期待又興奮，不過很快我就被一盆冷水潑醒了。

在香港讀學士學位時，我覺得自己的學業成績還不錯的；然而到了美國進修碩士課程時，我的自信心大跌，主要原因是我發現自己的英語程度和水準欠佳，在聽、寫、說三方面都有困難，我頓時覺得自己變成了一個又聾、又盲、又啞的人！

UCLA 是一所嚴謹的研究學院，對學生的要求和期望都極高，每星期我都要閱讀幾百頁英文參考資料，寫逾千字的英文報告，而且也要在課堂上以英語做演說，加上教授上課時講的英語我又沒法即時完全聽得明白，面對這種語言文化差異上的衝擊，我措手不及，心裡慌亂得要命！

碩士課的第一年，除主修科目外，凡本身母語不是英語的學生，都需要額外修讀「以英語為第二語言」（English as Second Language，簡稱ESL）的英語學習課程。苦讀下，我總共考了兩次試，英語才勉強及格。

UCLA每個學年分三個學期。第一個學期完成後，雖然我修讀的科目取得的成績分別有A, A-, B+，但院校的教授都期望學生每科至少有A-，學業成績平均分（Grade Point Average，簡稱GPA）的要求須達3.7，而我的GPA只有3.5。看著成績表，我自愧不如，真想哭出來……

第一個學期結束，我飛回香港放聖誕假，那時我對自己的學習能力存有懷疑，在美國的課程這麼辛苦，往後我承受得了嗎？

我內心掙扎，應否繼續學業？但想深一層，獲UCLA取錄實在難得，既然我得到了這個機會，便該拚勁去讀吧！

到第二個學期，新挑戰又來了！校方規定每個碩士生都要兼任學位課程的教學助理，每當我想到自己連本身的學業都應付不來，現在還要兼任導師，我承受的壓力和擔子更沉重了，但學制上已不容我退縮，那惟有硬著頭皮去做吧。

到學期末，天啊！我的自信心跌到低點！有學生在評語報告中作出投訴，指我的英語發音不純正，聽不懂我說的英語，以致不明白我所教授的課堂……這真是令我難堪又沮喪！

我當然知道自己的不足，這很丟臉，但我沒有放棄，更下定決心，對自己說：到第三個學期，我一定要做到讓所有學生都聽得懂我說的英語和明白我所教的課！

之後，我使勁鞭策自己去練習英文——每日讀報紙、看新聞，在收看電視節目時細心留意字幕，同時練習聽力，也學說地道英語；我隨身帶備一本記事簿，每遇見不認識的字詞，隨時隨地都抄寫下來，然後查字典學習。

UCLA 的課程要求學生做研究、寫報告，還經常要出席不同的學術會議和發表演説，而且每次演説後都設有問答時間，在場的教授和同學會對你的研究內容作出提問及質詢，你每次都不知道會不會遇上自己不懂得回答的問題，又或會否聽見令自己難堪、尖鋭的評語，這真是很考驗個人的臨場反應和情緒智商，也是對一個人自信心的極大挑戰。這種教學模式完全有別於我在香港讀書時所接觸到的一套，我花了很長的時間才能夠適應過來。

慶幸是，經過自己密集式的用功，長時間專注看英文、聽英文、説英文，我總算克服了語言上的障礙。

對於自己在英語程度及學業上的進步，除了靠自己努力外，我不得不感謝我的論文指導老師李海倫教授（Professor Helen Rees）。

李海倫教授本身是英國人，但她竟然能夠説得一口比很多中國人更標準的普通話！這是因為她熱愛中華文化，早年在牛津大學修讀中文，除懂得閱讀和書寫中文外，她對中國古文都有考究，更是雲南少數民族的研究專家。因為我是中國人，她又是研究中國文化的學者，順理成章她便擔任了我在 UCLA 的論文指導老師。

假如從沒有遇上李海倫教授，我相信自己在UCLA的學業路一定加倍艱難。

李海倫教授與我的關係亦師亦友，她不單指導我在學術論文上的研究，還用心訓練我在英文書寫和口語方面的能力。每次我要出席學術演說前，她例必先聆聽我的演練，糾正我的發音和表達技巧；在修改我寫的功課文章時，她不但會提點我如何運用正確的文法，還會因為擔心我看不明白而更用上中文來給我寫下評語，教導我以更合適的語句去表達某個意思。

「Splendid!（了不起！）」

每次我做對了、寫對了，她就會說這一句，讓我鼓舞，重拾一點一滴的自信心。

我尤其感恩，連續有兩年的夏季，這位良師沒有放暑假，就讓我住進她的公寓裡，每天一等到我寫好論文的段落，便隨即批改，然後跟我討論，給我指教。真多得她給我的指導，令我的英語能力進步不少，也讓我那長達二百五十頁的博士論文內容更為翔實。

我還要說，她當時也特別抽空旁聽我的教學助理課，在課後指出我有何不足，教我如何能夠做得更好。而經過她的調教，我也加倍努力揣摩，到了第三個學期結束時，我所任教的學位課程學生們之中，甚至有人給我讚好的評語！

如是者，在美國留學的碩士和博士課程七年時間，我就是這樣子熬過去了。UCLA針對培訓學生成為學者的磨練，真是一段非常艱苦的過程！我慶幸自己得到李海倫教授的教導，輔助我克服學業上的困難。

也真的要衷心感謝UCLA的嚴謹，由此教出了一個全新的我——讓我成為一個比起以前更有自信、更有專注力、也更具組織和表達能力的人。

***

今日到自己執起教鞭了，我對學生的態度，或多或少受到了李海倫教授所影響。在教學上我會盡力做到一絲不苟，在相處上我會跟學生成為朋友。

我教的是音樂，但我更希望學生透過自己所教授的音樂課堂，對人生處世的價值觀有更大的得著。

***

從不會到學會，我經歷過對自己懷疑，受過很大的打擊，試過極度的沮喪。當然到現在我還談不上是個成功的人，但在學業路上，我讓自己克服了很多的艱苦才能成功取得博士學位。

其實我最想說的是，取得學位並不是一件很重要的事，也不值得拿來炫耀。我所看重的，是在這學習過程中經歷了磨練自己的機會。

相信每個年輕人在學業或生活上，都會碰上不同程度的困難，我誠心盼望你們都會給自己信心和毅力，用自己的方法去征服難關，不要輕易放棄，反而要感謝生命中出現的難阻讓自己變得更強大；當然，在過程中，也要感謝每位良師對自己的提攜！

從不會到學會，總需要經歷對自己懷疑的過程，甚至受過打擊。請給自己信心和毅力，不要輕易放棄，而且你更要感謝生命中出現的難阻，讓自己變得更強大！

不要做自己。。的敵人。。

由於天生肢體上的缺陷，相比起其他女生，如果我說我更怕醜，應該有更大的理由吧。

在日常生活上，我較難遮掩長得不好看的一雙手。至於雙腳，由小至大我當然都盡可能避免讓醜陋的腳趾曝光。

除了在家裡，我在任何時間都一定會穿著襪子和密頭鞋；別人看見了，一定會覺得古怪，因為即使是去沙灘，我也如此這般！（當然下水時我會脫去鞋襪啦，哈！）

很多女生在夏天愛穿涼鞋，但我都只能妒忌而不能穿著，因為生怕曝露畸形的腳趾。我也永遠穿不上人字拖，由於腳趾生長不全的限制，我沒有常人的拇趾和二趾可夾穩人字拖鞋來走動。

不過，對於腳趾天生的不健全，對我的生活並沒有造成太大的實際影響，只是後來我去美國讀書，腳醜的困擾也曾纏上我好一段日子……

***

美國加州洛杉磯天氣炎熱，而且當地的家居室內一般都鋪上了地氈，任何人入屋，習慣上都會脱掉鞋襪，而當地人最流行的，正正就是穿著人字拖或涼鞋。

在美國生活的頭幾年，我一直都避免在人前脱光鞋襪，我明白應該要入鄉隨俗，但心理上卻擺脱不了裸腳的醜怪，所以我在脱鞋之後，還是會堅持穿著襪子入屋，而拖鞋我也只會穿著密頭的款式，即是包住腳頭不會讓人見到腳趾那種。

天氣這麼酷熱，在美國的朋友看見我不脱襪的舉止，大概都會認為我是個怪人吧。終於有一次，一個朋友忍不住問我——

「天氣很熱啊，為甚麼你還是要穿著襪子呢？」她好奇地問。

我一時語塞，心裡著慌，之前一直沒有人向我提出過這個疑問，我還以為可以相安無事，這次被問起，內心掙扎起來……

我覺得是時候要讓自己克服心理障礙了，於是隨即鼓起勇氣，就在朋友面前脱掉了襪子。我本來以為她會特別著意看看我的腳趾，然後會被嚇了一跳，但其實這都只是我過分憂慮的幻想，根本只有我自己在嚇自己，事實上朋友無心八卦，我頓時放下了壓在心頭多時的一塊大石！

由那次開始，我決定以後都不再遮掩自己的一雙腳了，就跟別人一樣，甫入屋就脱掉鞋襪光著雙腳。結果，相安無事啊！

後來有一次，我在朋友的家裡閒聊時，主動問對方：「其實你知道我的腳趾長成這樣子嗎？」我指一指我雙腳。

「咦，如果你沒説的話，我可是從來都沒有注意到啊！」她看了一眼，有點驚訝，但沒半點歧視的目光。

由此我才猛然醒覺，待在美國由碩士進修讀到博士的學歷，我卻一直都學不會接納自己的缺失，在克服自我形象的過程上，我自愧真是花了很長的一段時間，不過我慶幸自己終於還是能夠在人前袒露腳趾，不再為此感到耿耿於懷。

到了後來，我更坦然到能夠向別人攤伸出自己的一雙手！

***

話說美國的女生很流行做花式指甲，那時候在美國讀書，我經常都會路過聖塔莫尼卡的購物廣場（Santa Monica Promenade），其中有一個做花式指甲的小攤檔，每次當檔主看見我路過，都總是會熱情地慫恿我做花式指甲，但每次我都欣然婉拒了。

女生手上的花式指甲，油繪上各式圖案，看上去漂漂亮亮的，可是我一直沒膽子去試做。而既然自己已克服了光著雙腳的心理障礙後，那麼在人前攤出雙手，我又可以做到嗎？內心交戰過後，這一次再來到攤檔前，我決定向檔主伸出握著拳頭的一雙手。

「來吧！寶貝！」檔主這次見我主動前來，很驚喜吧。

我豁出去了，不過還是有點顧忌，於是在檔主面前我只緩緩伸出兩隻手的拇指頭。

「先繪拇指嗎？」檔主親切地問。

「嗯，先試試看吧。」我伸直拇指，精神抖擻起來。

「好的，來！」檔主隨即用心地替我看來害羞的拇指甲裝扮起來，也很快便完成了花式拇指甲。

做完了之後，我看著自己一雙穿了花衣裳的大拇指，真是很漂亮啊！

「那其他手指呢？也一起換新裝吧！」檔主親切地問。

當時我豎起了大拇指，其他手指則還是收起成拳頭狀，不期然就做出了這麼一個意謂「很棒」的動作。

「很棒啊！」我彷彿聽見內心的呼喚。

最初還是有點猶豫，下一秒我深吸呼，豁了出去，就在檔主面前坦蕩蕩地攤伸出一雙手。我以為她看見了一定會愕然，殊不知她的反應是——

「噢，好極了！」檔主沒有我預期中表現出驚怕，反而親切地回應，然後專心地為我僅有的手指甲畫上漂亮的飾紋。

***

說到底，我也是個愛美的女生，原本我以為自己的雙手和雙腳會嚇怕別人，但這其實全部都只是我自己空想出來的壞事！我慶幸自己終於都釋放了自己，勇敢面對，不再把自己困在自我抑壓的黑洞裡去。

要記住，不要做自己的敵人！

世事，往往並沒有你所想像中的差勁啊！

{ 不要做自己的敵人！釋放自己，勇敢面對，不要再把自己困在自我抑壓的黑洞裡去。因為世事，往往並沒有你所想像中的差勁！ }

我不是恐怖分子

二零零一年九月十一日早上，美國紐約世貿中心的雙子塔突然遭受恐怖襲擊，據悉有兩架民航飛機被騎劫後再直撞向大樓，導致該兩座地標建築物接連受到撞擊而倒塌，令繁華鬧市頓成一片廢墟，事件造成二千多人死亡。之後，美國開始加強反恐戒備，凡入境美國的人士都必須經過嚴密的身分查核。

當時我正值在美國攻讀民族音樂課程，完成了一個學期後，便返回香港度假，而「九一一事件」發生後，學校假期結束，我也由香港飛返美國繼續學業。

誰知在美國入境時，來到檢查旅客來美資格的閘口，我竟遭遇到留難！

我只是一個普通的香港女生，難道我會是恐怖分子嗎？但這也難怪，因為那位美國入境移民官依照一般的程序對我作出驗證檢查時，卻辨別不了我的身分！

事緣美國在恐怖襲擊事件發生後，邊境戒備變得極為森嚴，每個入境人士都必須要被掃瞄十隻指紋，給辨識過身分及確認無誤後，才能獲批准過關入境。

那天下機後，我在美國的入境大樓輪候過關，因為知道要進行指紋掃瞄，我頓時心慌起來！我會被拒入境嗎？

當輪到我進行指紋掃瞄檢查時，我無可奈何地按著指示伸出雙手放到掃瞄裝置上，但可想而知，那部冷冰冰的機器不可能檢測得到我十隻指紋的模樣。

那個當值的入境移民官發現裝置儀器偵測不到我十根手指的指紋，警戒起來，抬頭盯看我的樣子，嚴厲地對我說：「不是亂擺任何幾根手指就行！請你注意必須要伸出十根手指來給掃瞄！」

我感到無所適從，真不知道要怎樣安放自己的手指在掃瞄機上。

那個當值的官員吩咐我再試一次，然而那部裝置顯然還是無法子完全掃瞄得到我有完整十根手指的指紋，當值人員發覺事有蹊蹺，心知不妙，瞬即提高警覺，並使出厲眼盯著我看。

此刻，我惟有伸起雙手，讓他親眼看見沒能給掃瞄十根手指的指紋的真正原因。

「噢！天！對不起……」

他看見了我的雙手之後，剛才強硬的態度一下子放軟了，甚至表現出尷尬的表情。（哈，他了解到我並不是甚麼危險人物，總算也鬆一口氣了吧！）

我以為他之後就會給我通融免去指紋檢測這一關、查看我的護照後便會放行，可是他竟然著我進入拘留室問話！

呃！我沒有犯罪！為甚麼要被拘留？我的家人都在香港，假如出了狀況我可以向誰求救？那刻我的心真是慌了起來！

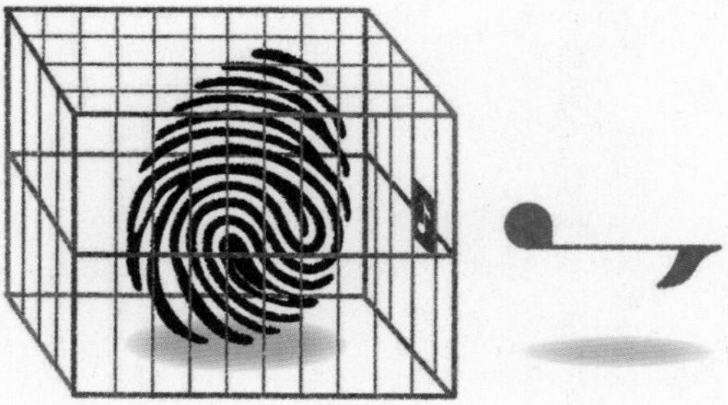

在拘留室中，那位入境移民官開始跟我攀談起來。

「你來美國是甚麼原因呢？」他疑惑地問。

「我是美國加州大學洛杉磯分校的學生。」我還未定驚。

「你讀哪門科目？」他出於好奇地問。

「我讀民族音樂。」我禮貌地回答。

這刻他更好奇了：「那你需要彈奏樂器嗎？例如彈琴之類？」

由這個話匣子開始，我們在拘留室裡交談了足足有半小時，他不斷問我有關三根手指和日常生活的狀況。說這是一名入境移民官，但當時他更像是一個記者，猶如跟我做了一次人物專訪一樣！

幸好我不是被審問，也沒有真的被拘留，訪談過後我便被「釋放」了。

終於順利過關！

臨別前，他又跟我說：「真是很對不起！剛才冒犯你了！你的故事讓我很鼓舞！我真的很欣賞你的毅力！」

那次真是又驚又險的經歷！

我的三根手指，差點讓我被誤認為是恐怖分子；而關於這三根手指的故事，竟又出乎意料之外地感動了一個美國入境官員！

遇上不同的人，互相交談，生命影響生命，這個過程很是奇妙；這三根手指，愈來愈讓我覺得這並不是我生命中的缺陷壞事，一雙手引領著我體驗與別不同的生命經歷，我漸漸覺得，這反而是上天給我的恩賜！

在生活裡你總會遇上跟自己的經歷不盡相同的人，了解和體諒別人的人生，學會建立一顆同理心，生命影響生命，這個過程很是奇妙！

第三章——攜手同行

我的鋼。琴。學。生。

在人生許多難得的機會中，有一件事讓我特別感恩，就是有別家的父母會信任我，把他們的孩子交託予我，讓他們來跟我學彈琴。而這些孩子當中，有些是跟我一樣，天生下來雙手就跟健全的人不一樣的。

當這些孩子坐在鋼琴前，自自然然地便會把雙手蜷縮到背後，那一刻，我看到了當年的自己……

***

翹翹是我第一位手指有缺陷的鋼琴學生。在她三、四歲的時候，其父母聯絡我，希望我答應成為女兒的鋼琴老師。我自己學琴這麼多年了，但那時候我還沒有教授過特殊需要的小朋友。對翹翹父母的請求，我一時間猶豫起來。

是甚麼擋住了我的心呢？也許，是自信心不足吧。

我可以嗎？我還未能肯定自己有否足夠的能力去教這孩子彈琴，當時我沒有立即答應翹翹的父母，於是這事也被擱下了一陣子。

***

隔了一段時間之後，翹翹的父母再次聯絡上我，言談之間，又再一次表示希望我可以教授其女兒彈琴，我還記得，他們的語氣之中，帶有一種無可動搖的誠懇。

我又再一次思索——要答應嗎？

面前是一個考驗，作為老師的一個承擔，我應付得來嗎？要麼拒絕，沒甚麼困難；要麼答應，去克服這個困難……

「好吧，就讓我試試看。」

***

鋼琴課總是由練習和牢記指法開始的。還記得上第一堂課的情景——

「來，翹翹，把雙手伸出來放在琴鍵上，現在我們開始先認識手指要放在琴鍵甚麼位置。」我跟翹翹說。

可是，翹翹死緊緊地把雙手收在身後，要她伸出手來？十萬個不願意。

我心裡明白她抗拒的原因。

稍頓一下，我跟她笑了笑，然後我把自己的雙手先伸出來，放在她面前。

＊＊＊

翹翹本來垂下的眼，被我的手指摸樣吸引而抬起來，她盯著看我那雙與眾不同、卻又與她自己相近的手，臉上露出驚奇的表情！

「啊，老師的雙手跟我一樣！她可以彈琴，我也可以吧？」我彷彿聽見她內心的呼喚。

我把雙手放在琴鍵上，翹翹端詳了好一陣子之後，慢慢地，她終於也願意把自己的小手掏出來，跟著我一樣，也輕放在琴鍵上面。

***

翹翹打從出生開始，雙手便和別的小孩不一樣。她的左手只有三根手指，右手則有四根，手指的形狀跟正常人並不一樣，跟我的也不盡相同。

開始教授之前，我先對翹翹雙手的靈活度作出觀察評估——她左手的第二根手指不能伸直；至於右手那四根，正確來說是拇指再加上三「粒」手指，我用「粒」來形容，是因為她那些手指只有第一節，比平常人的手指要短小許多。

我當然知道，一個天生手指與常人有異的人，學彈鋼琴是何等困難的一件事情。尤其鋼琴這樂器，一開始就是由雙手手指都健全的人發明的，大概沒有人想像過，竟然會有手指不齊全的人學習彈琴。

我左手的尾指，就是因為特別短小的關係，每次遇上要橫跨八度來彈奏的樂曲，總是讓我懊惱萬分，就像貝多芬的《C小調第8號鋼琴奏鳴曲．作品13》（"Piano Sonata Op. 13, No.8 in C Minor 'Pathétique'"），如果不是自己重新編曲的話，根本就不可能彈得到。

翹翹看見了老師的雙手跟她的長得像模似樣，大概感到親切多了，在別人眼中我們是異類，但我們兩人是同類啊！

***

接下來，我取出一張畫紙放在桌上。

「翹翹，請你把左手放在紙上，用右手畫出左手手指的形狀，畫完左手之後，換右手放紙上，用左手畫出右手的形狀。」

為了使孩子認識音名和手指的應用，一般鋼琴老師都會指示孩子先畫出自己的手形，在手形的各指位寫上音名，由此讓孩子記住手指配對琴鍵音名的位置。

還記得當年我的鋼琴老師也要求我畫出自己的手形圖，但當時我卻死命不肯畫，老師沒奈何，只說下一次上課時我要把這圖交出來。真是煩惱極了！我這雙難看的手應如何給畫出來才好呢？於是我回到學校，借了同學的一雙手來畫這手形圖，到下一堂鋼琴課我把這圖交了給老師。她一看見，當然知道這手形圖根本不是按照我自己的一雙手來畫……

而此刻，在我面前的翹翹，比當年的我勇敢多了！她聽見我的指示後，沒有任何顧忌，便輪流伸出左右手，用心畫出自己一雙手的手形。然後，我們一起記認，哪一隻是1號手指，哪一隻是2號手指。當翹翹能夠準確地記認自己的手指與音名的位置，我便在她的手指貼上一張漂亮的貼紙。

看著貼紙，她笑了，甜甜的。

我知道，在記認手指的過程中，翹翹正在重新認識自己。我暗暗讚賞她，希望她也會透過鋼琴，打開人生美妙的新一頁。

***

常人以左右手各五根手指分司五個琴鍵，能夠輕易地敲出五個琴音。我教翹翹彈琴，她要學習用左手的三根手指來完成常人五根手指的工作；而右手好一點，有四根。感同身受，我知道當中的困難，所以並不強求她一開始就彈出常人的水平。

不過，原來我真是小看了這孩子！

翹翹的耳朵很靈敏，指法轉換的速度也不遜於一般同齡學生，甚至可以說是更為迅捷！基於手指的缺陷，在彈琴時她不能靠指節的肌肉來發力，於是她動用了整個上身的力量去給力彈琴鍵。

我不禁心裡默默鼓勵著她！翹翹一定不知道，她這種彈奏方法，正正令她能夠彈出更為通透圓融的音色。

事實上，任何專業鋼琴家在彈琴時，都會動用上臂以至肩膀的力量去令指頭得力而壓下琴鍵，也是由此來彈奏出富有生命力的樂章。

我教翹翹彈 do, re, me, fa, so——一般人毋須換手就可以連續彈出的五個琴音，然而對左手只得三個指頭的翹翹來説，要彈出毫無間斷的五個琴音，就不是那麼容易了。

怎麼辦好呢？

正當我在思量如何教導翹翹方法和技巧來彌補手指缺陷的不足時，琴音已響起來——翹翹的左手在彈出do，re後，以3號手指按著me，1號手指此時便飛快地移往me，接替正要鬆開的3號手指，而在手指鬆開的瞬間，2號手指已經完成換位，準備好彈出fa了。

我看著翹翹，剎那間驚呆了！

那不是高階的轉換指法技術嗎？竟然由一個初學鋼琴的小孩子自行領悟出來了！

慢著！為甚麼我要那麼驚訝呢？小時候的我，也不是無師自通地領悟了這種技術嗎？為甚麼今天我竟然會輕看翹翹克服困難的能力？

我看著翹翹的手，那是一對充滿缺陷的手，卻也是一對充滿創意的手。

從翹翹身上，我見證了人類本身潛在的、無限的可能性。

***

即使是成年人，他們很多在面對看似無法解決的困局時，往往只是坐困愁城，甚至選擇放棄。

而對於本身無知也無束縛的小孩子，卻反而會視困局為一種挑戰，再想方設法去解決。

的確，當你以為所有門都已經給關上之時，你就會發現，原來有另一扇門，正在等著你主動去敞開。

而從這扇門，只要你肯伸出手嘗試去打開，你所通往的，將是一個美妙的新世界！

{ 當你以為所有門都已經給關上之時，你就會發現，原來有另一扇門，正在等著你主動去敞開。只要你肯伸出手嘗試去打開這扇門，你所通往的，將是一個美妙的新世界！ }

Beijing 2008
Paralympic Games

一關又一關

「同一個世界，同一個夢想。」("One World, One Dream.")——還記得這句口號嗎？

二零零八年，奧林匹克運動會在北京舉行。每隔四年一度的奧運會，是世界級的國際盛事，由小時候到長大了，我過往都只有坐在電視機前看各國選手較勁的份兒，即使知道了北京成功申辦奧運，我壓根兒並沒有想過有機會可以入場去觀賽。

萬料想不到，在第三十屆奧運會，我竟然也有份參與其中！

認識我的朋友都知道，我並不是運動健兒，平日也不太經常做運動，所以奧運會與我，怎麼有可能會扯上關係呢？

談到日常嗜好，小時候除了彈琴之外，沒有甚麼比起下午時段電視播放的卡通片更能讓我安安靜靜地坐下來了！

其中，《我係小忌廉》是我喜歡的一齣卡通片——這應該也是與我同代的女孩們的集體回憶吧！每次主角小桃變身做大歌星小忌廉之前，她都會揮動一支神仙棒，在空中劃出一個大大的高音譜號……然後，一道神奇的力量就會把小女孩圍繞，將她脫胎換骨，把她帶到萬人景仰的舞台上去演唱……

哈，我當然沒有小桃的神仙棒啊！不過也不是開玩笑的，我覺得，我所擁有的這一雙小手，彷彿也真的有著神仙棒的法力，賦予我神奇力量，帶我到不同的表演台上去。

屬於奧運會的表演台嘛，我倒是發夢也從沒想到會有機會踏上。

二零零八年的北京奧運，香港作為協辦奧運馬術項目的城市，而我竟有幸獲得大會的邀請，擔任國際傷殘奧運會香港區開幕禮的演出嘉賓。

當時殘奧委員會是透過中大聯絡上我的，在我知道收到邀請信的一刻，心裡難以置信！

吓？奧運會？那會不會是大學搞的運動會呀？我有沒有聽錯了？

哈！那的而且確是奧委會官方發出的正式邀請信！

由難以置信到確認真有其事了，我內心卻忐忑起來，冒起一種自己不配的感覺……

我何德何能被邀請到奧運會表演呢？這是世界級的盛事啊！

但不諱言，對於這個邀請，我深感榮幸。

看！神仙棒起動了！

我既是戰戰兢兢，也欣然接受了這個重大的邀請。

***

雖然我不是運動員，但也深知鍛煉身體的必要性，相信這個世界上並沒有一個運動員是可以不鍛煉就代表國家上場去吧。

天才只是極少數。

事實上，我們做任何一件事情，如果是認真對待的話，都不可能讓自己怠懶胡混過去，不管你是學生要做好一份功課，或是在職人士要做好一個工作項目。

奧運會於九月舉行，於是在二零零八年的暑假，我便計劃好自己的「特訓」時間表，立心持續三個月、每日安排至少五至六個小時，專注於鋼琴練習。

說是自己給自己「特訓」，其實這還更像是一個療程吧！我就是知道自己在琴技上未夠純熟，所以得要加把勁去練習和修正，勤練是良藥，別無他法，沒有打特效針、服加強劑，又或甚麼秘方來著的。

須知道，運動員用藥物上場以圖求勝，下場就只有被取消資格！

鍛煉，是通往目標的必經過程。

***

在這次表演中，大會安排我彈奏兩首曲目。其中一首讓我自選，我挑了喬治．蓋希文（George Gershwin）的古典爵士曲"I Got the Rhythm"，這曲子的旋律輕快跳脫，相當配合馬術運動的跳躍活力感。

說起自選項目，有些人可能會為了輕鬆過關而求易捨難，然而這次我卻沒有揀選一首比較易彈的樂曲。喬治．蓋希文這首曲子對我來說也不好掌握，因為我只有三根手指，而要彈這一曲，我得要處理很多疾走的琴音，雙手也需要交錯撥彈，這次真是自己給了自己一個特大的挑戰！

無論如何，這首曲子我本身很喜歡，也覺得調子非常配合馬術的節奏感，於是我就下定了決心，要把樂譜練習好。

有時候給自己一個難度去挑戰，考驗一下自己的能耐，經歷過之後，你定會有更大的滿足感！當然，你心裡也要有個譜子那是自己可以做得來的，並不要只是好高騖遠的空想才好！

至於另一首曲子，是金培達作曲、陳少琪填詞，由流行歌手陳慧琳和香港兒童合唱團主唱的《飛躍共舞》，這是一首流行曲，其中「一關過後有一關，一起戰勝在每一站」等歌詞，恰好到位地道出了馬術運動的精神，也寄語人們要同心協力克服難關，唱起來滿有意思。

現代人都哼唱流行曲，所以大概都會以為這首歌曲比起喬治．蓋希文一類的古典曲更容易掌握和彈奏吧。然而我本身所研究和專長的，是民族和古典音樂，跟流行曲是兩碼子的事，所以我還真是要鑾花心機去練習這一曲《飛躍共舞》。幸而我本身也樂於探索音樂不同的領域，加上自己也有跟教會的音樂同道組樂隊，平日閒時也有玩票式演流行曲，所以要上手去彈，也未至於由零開始。

除了在家裡不斷自律地練習，我也多次去到金培達的練習室修練。而演繹這首歌，現實上有幾個難處要克服。

第一，我本身不太熟悉流行曲經常都會出現的切分音符彈法，務必要反復練習，以拿捏技巧。當金培達親眼看見我的三根手指時，除了即席建議如何彈法，也因應我的手指所限，特別為我改編曲譜。

第二，由於受正式表演的場地所限，大會沒有安排現場樂隊跟我一起合奏，表演的形式是我以三角琴伴奏預錄好的樂隊背景音樂帶。可以想像，如果與我合奏的是現場樂隊，那麼我們彼此便可以隨機應變並即興配合，這樣的演繹會更為靈活和生動得多。但這次我所伴彈的是已前設預錄好的音樂，要由此彈奏出跳脫的活力感，實在有難度。

第三，伴彈預設音樂的同時，我還須配合歌手的現場演唱，一旦我彈得過快或過慢了，就會甩掉背景音樂，也影響到唱歌者的演繹。

除上述提到的三點，對於這次演出，我還有數不盡的擔心——

怕掛在耳背聽著背景音樂的耳筒會突然丟掉；怕戶外演奏時琴譜會被大風吹走；怕上落舞台時會走錯位置；也怕自己第一次穿著的禮服裙會不慎「走光」……

置身這種盛事之中，在這麼大型的場合裡，我內心的壓力大到不得了！在正式演出前一星期，甚至緊張到天天拉肚子！

太擔心了！如何是好？

***

我心亂得很，於是撥了一通電話向羅乃新老師求救。

羅乃新老師是一位在我的音樂路上一直給我很多指教和啟發的生命導師，她鼓勵我說：「Connie，你練習了這麼久，在技巧上已經熟透了，現在你的問題，只是心理障礙呀，連手指的缺陷也可以克服，為甚麼你要讓無形的心理驚恐嚇著自己呢？這是一個過程，Connie 你要好好克服！」

聽過羅老師的話，我的心也安穩了一點。

是的，那不過是一頭無形虛擬的獅子在咆哮罷了，我感覺牠的存在，但牠並不真實存在。

我跟自己說：「不要把眼前的演出得失看得太大，全力以赴就好了。即使或有失準，那『瑕疵』也是樂章的一部分，正如人生一樣，沒有十全十美。」

在演出前一天，我跟陳慧琳和工作人員一起到現場進行綵排，而經過實地預演，我感覺踏實多了，不再空想一切的擔憂，也與不同的合作單位溝通好，如司儀及工作人員等，彼此培養了默契。

***

到了正式表演當晚，一切準備就緒——

工作人員細心幫我繫上耳筒，協助我用膠紙黏好身上的裙子以免「走光」，琴譜也牢牢地貼在托架上；而現場我所身處的彈琴演奏台，跟觀眾席有一段距離，令我內心也沒有預期的緊張感；再加上晚上爽風吹送，頭上皎潔月光在照耀，讓人心曠神怡。

當晚的情況唯一與預設程序稍有出入的，是節目時間臨時加長了！幸而出色的司儀在直播的過程中臨危不亂，跟我和陳慧琳作即興訪談，例如請我們分享自己最喜歡的奧運比賽項目等。在這國際盛會中即席加插的問答環節，我們以兩文三語作出交流，氣氛倒是意料之外的輕鬆愜意，我這才驚覺自己竟然可以如斯淡定！

我們一生人之中總會遇上不同的難關，經過這一次，我學會了四個步驟的應對技巧：

一、事前努力鍛煉，正所謂熟能生巧。

二、作出預演，例如現場綵排，模擬實況甚或是實地考察自己將要身處甚麼樣的環境之中。

三、當正式上台時，心無雜念，專注演出。

四、遇有突發狀況，先不要驚慌，因應當時形勢而作出應變策略。

一關又一關，而這一關二零零八年殘奧運動會馬術開幕禮的表演盛會，最後也給我過關了！

不要把眼前的演出得失看得太大，全力以赴就好了。即使或有失準，那「瑕疵」也是樂章的一部分，正如人生一樣，沒有十全十美。

Invincible（上）——踏上紅館不。是。僥。倖。

二零一一年，初夏，星光燦爛的一夜。

這一刻，我置身紅館裡面。

台上，幾盞耀目的大白光燈在映照著；台下，成千上萬雙觀眾的眼睛在閃眨著……

偌大的場面中，強烈的緊張感，我不斷地深呼吸。

此時此地，三角琴和我，緩緩被升到台上去了。

已沒時間容我猶豫或迷失心神，因為演唱者已經準備就緒，等待聽見我起彈樂章的前奏，他就要開腔……

When you can't find the way
Every single dream will still remain
Though endless space and time
Through all the tears and the pain
You never lose your pride of place
You sing out with joy and with grace
With nothing lost and all the world to gain

***

事發這晚的數個月前——

二零一一年，春天，某一個平常的日子。

跟往日沒兩樣，我習慣每天盡可能都檢查電郵至少一、兩次，好讓給我寄件的人早日收到回覆。這些年來，由電郵收到希望我能夠出席做分享嘉賓或演奏的邀請信，可說從沒間斷過。

對於每一個來郵，我都會細閱。視乎個別情況，如果各方面都配合的話，通常我都會抽空應邀出席。然而有些時候因為某些原因而未能配合對方安排的話，我會禮貌地向人家回郵，交代一下未能應約的情況，望對方體諒。

這一天，我收到了這麼一封電郵，不禁讓我的心砰然一跳！

一下子真是不敢相信，他會給我寫這一封電郵？真的是他嗎？

我從頭到尾讀了兩、三遍，確定是真的。

林子祥（阿 Lam）——一位自小已在我心中留下深刻印象的歌星，歌曲作品總是意味深長，歌聲總是充滿情感，他是我一輩人都很喜歡的實力派歌手；而這一天，我收到他寄給我的一封郵件……

事緣他正進行一個題為「香港英雄」的音樂項目，邀約我做訪問，分享我成為鋼琴演奏家的經歷，訪問我在音樂路上是如何克服只有三根手指的困難，他打算把訪問片段收錄在他的大碟專輯中。而除了我之外，阿 Lam 的「香港英雄」名單上，還有單車手洪松蔭、資深演員羅蘭、作詞人鄭國光等。

我也算是「香港英雄」嗎？說起來受之有愧呢！但既然遇上這個奇妙的邀請，我也欣然答允。

***

印象之中，阿 Lam 是個內歛的人，說話從來不多，然而我們相約見面進行訪談拍攝的一天，在歌唱部分之外，他也親自擔任起訪問者的角色，跟我對談。

小時候那個在電視上才看到的一個大歌星，現在就這麼近距離的在我面前！在我來說，阿 Lam 永遠是一個巨人，多年來他默默地做好自己的音樂，他本身就是一種「香港精神」。

在訪問之中，我跟阿 Lam 分享了自己如何看待雙手的缺陷，以及在學習音樂歷程上的感受，然後他提出：

「如果現在就即席彈一首自選曲，可以嗎？」阿 Lam 用目光鼓勵我。

我思考了一下，然後讓自己心神專注，把雙手放到琴鍵上……

《奇異恩典》（"Amazing Grace"）——嗯，自選曲，決定彈這一首。

我感恩，上天賜予我一雙不完美的小手，而我的人生就是靠著這雙不完美的小手，成就了今日的我。

更加慶幸的是，我竟然能夠憑著我這一雙不完美的小手，來演奏樂章，來打動人心，來讓人振作。

「You are so amazing!」彈完之後，阿 Lam 在我耳邊說。

真是多麼的奇妙！我的生命，真是奇異恩典！

***

「我六月份在紅館開演唱會，你也來吧！」阿 Lam 在完成訪問錄影後，跟我聊聊天。

啊！好的，我心裡驚呼，阿 Lam 約我去聽他的演唱會啊，我一定捧場！而在我還沒開口回應時，他續說：

「誠意邀請你，也在演唱會裡，為我彈奏一首歌！」

啊！我的心又再砰然一跳！須知道，在香港這片地，歌者和樂手都夢寐以求有一天能夠踏足紅館的大舞台。

我回想起——

小時候自己曾經如何堅持嚷著要學彈琴；父母親曾經質疑我是否只有那三分鐘熱度；別人曾經輕視我的三根手指如何能駕馭八十八枚黑白鍵……

Through all the wind and the rain
The sun will surely shine again
We believe in what you say
It is only a heartbeat way
Not a doubt along the way
There's not a moment to waste
For in your heart, the path remains the same

「《Invincible》，這首曲說的，就是一份『打不死』的信念，一種堅毅不屈的精神，在演唱會中，就由你來為我彈奏吧，Connie！」

***

答應了阿 Lam 在他的演唱會作鋼琴伴奏後，我收到了《Invincible》的樂譜。

在我面前又擺下了一個挑戰。我能夠做到如同歌曲的名字——「打不死」嗎？到今天我已彈琴多年了，但在這份樂譜面前，我仍然還是一個全新的人。

因為無知，我要加倍給力，去揣摩去練習。阿 Lam 給了我信心，我也要給自己力量去做出來。

***

有些人可能會覺得我是個幸運兒，遇上了好時機。可是，要是一個人沒有努力過，那機會即使來到了，遲早也還是會溜走掉，一個捉不實，就會煙消雲散。

可以想像，即使我答應了阿 Lam 的邀請於幾個月後到他的紅館舞台上去演奏，但如果我到時候還沒能夠彈好曲子，那麼對音樂有一份執著熱情而且做事謹慎認真的阿 Lam 會讓我踏上他的演唱台嗎？

肯定不會。

距離演唱會尚有三個月時間，我就在這段日子裡好好練習。既然接受了這份「戰書」，我便不斷不斷不斷地鼓勵自己——「我可以！」

Show us the innocence
The confidence, the strength to see you through
Only to be the best
You'll never rest
Until your dreams come true

***

演唱會前夕。我們進行綵排。我一直在想，到正式演出那一晚，阿 Lam 真的會讓我上台嗎？我不敢說，因為到了綵排這一刻，連我自己也尚未滿意自己的演繹。

阿 Lam 站在琴前，我彈他唱。

「稍停一下，到了這段，你不要搶拍子……」他給我提點。

「這裡、這裡，不要彈得太快，注意切分音……」他的指導，我一一記好。

阿 Lam 的要求嚴格，對我構成不少壓力，但事情有兩面，他的嚴謹確實令我對流行曲的演奏技巧改進了不少。

***

練習不知時日過。演唱會一共有三場，正式出台的日子，到了。台上。

屏息靜氣。

我來個深呼吸，對自己說：「Get, set, go!」

雙手隨著雙眼注視著五線曲譜圖，在琴鍵上起程去。

《Invincible》這支歌的創作靈感，阿 Lam 告訴過我，是來自奧運會的精神。他要寫的，正是一種在競技場上的意志與信念——

人只要有了目標，就朝著那一焦點勇往直前，當然不能夠盲衝，要透過自己的努力磨練和堅毅心志去達到那個終點。

世上，沒有甚麼是不可能的，只要你相信有奇蹟，那個奇蹟就有可能出現，前提是——要有信念，也要鍛煉。

由起點到終點，中間那一條連繫線上，不存在僥倖。

To be invincible, to be unbeatable
Then you begin to tell the greatest story ever told
To reach the pinnacle, nothing's unreachable
Nothing's impossible if you believe in miracles

{ 要是一個人沒有努力過，那機會即使來到了，遲早也還是會溜走掉，一個捉不實，就會煙消雲散。 }

Invincible（下）——成就「打。不。死。」的信。念。

我用心彈，阿 Lam 用心唱。一切都在意料之中，然而期間卻還是意料之外地發生了一段小插曲。

《Invincible》唱到接近尾聲之前的一段，阿 Lam 步近琴前，身體輕輕挨靠在三角琴座的鍵盤旁，大概是因為心神已完完全全投入到演唱裡去吧，他沒意識到自己肢體上的小小動作，唱到太陶醉的時候，他的手肘不經意地碰到了琴鍵的木蓋……

「啪——」

琴蓋突然「啪」一聲覆下來，正好碰到我正在彈奏的手背上去！

這個小意外僅發生在一秒之間，阿 Lam 猛然察覺到了就馬上將琴蓋重新掀起。

事後跟樂隊提及這次意外，他們還以為是放在鋼琴裡的收音咪掉了下來以致發出「啪」一聲。

***

打不死……

沒錯那一刻我被琴蓋突然覆下來而給嚇著了，但我用手背擋著琴蓋並繼續彈下去。

我沒有被這一秒打敗，我知道自己要繼續彈下去。

是的，那一刻，我已完全專注其中，全情融入到演奏之中去了，只要雙手沒受傷，還能夠動彈，我讓自己不為之所礙。

試想想，在日常生活裡，例如下一盤棋局吧，我們都試過因某一步失誤而打亂心情，繼而影響接下來的表現，最後全盤棋局都糟透落敗。

我想説，很多時候在人生之中遇上的考驗，其實都是一場又一場的心理戰，學會在危急關頭心裡不出亂子，就有持續下去爭勝的機會。

打不死，那不是指實體上的銅皮鐵骨，而是信念上的不屈不撓。

***

坐在台下的丈夫後來告訴我：「你知嘛，我跟台下的觀眾一同目睹琴蓋掉下來的一刹那，都不禁驚呼嘩然！我的心登時大力地『噗通』了數下，呼吸也倒抽了一趟……」

我回想，當時阿 Lam 的反應出奇地迅捷，出這意外之後他就在眨眼之間伸手將琴蓋重新掀揭開來。

我在台上無間斷的演奏，一直彈至曲譜最後的休止符。

琴音靜止了。

這時候，阿Lam誠惶誠恐地伸手輕搭我的肩膀，他特別地向我道歉，內疚自己的微細動作害琴蓋覆了下來，非常憂心我的雙手有否因此而受傷了。

但見我沒事，他在我的臉頰上呵護地輕吻了一下。我感受到，當時他對我的關心，要比我對自己的關心，多出好多好多好多倍。

當然，親愛的丈夫對我的擔心不比阿Lam少，待乘著三角琴和我的升降台沉下去，他趕快到後台跟我會合，立即檢查看我的雙手有否被琴蓋弄傷了。

「沒事呢。」我笑呵呵的。

他疑惑地問我：

「那一瞬間琴蓋掉下來，我和觀眾都驚天動地，為甚麼你卻可以像沒事發生過一樣，還可以繼續彈下去？」

事實上，我當時並沒有像外表看來那樣鎮靜呀。

其實由樂曲開始彈敲以來，即使沒有發生這意外，我也是一彈一驚心的，要形容嘛，我覺得那是專注於音樂裡頭的一種驚心動魄，當時在阿 Lam 的歌聲和琴音之外，我恍惚已感受不到有別的時空了，只管集中精神演出，心無旁騖，一直緊守打不死（invincible）的信念，直至彈到最後一個音符。

一個題外話——

後來我看丈夫為我攝錄的演出片段，當看到阿 Lam 吻我的一刻，影片就突然被停拍了！

嘿！嘿！看來當時他是吃醋了吧！

***

我的思緒回到那個大舞台上。

我聽見，琴音剛落，鼓掌四起。

觀眾熱烈地鼓掌，還有使勁的吹口哨聲音——我感受到一種集體的熱情和激勵！

我知道，那些掌聲，並不因為我表現出色；是的，我承認，我不出色。但我感受到觀眾對我的一份肯定——那份堅持不懈的欣賞。

坦白說，不單是為阿 Lam 伴奏的這一次我不夠完美，其實有過很多次演出我都是不完美的。

然而，人生的旅程上的而且確就沒有所謂的十全十美嘛。

正因為每個人的觀點與角度都不一樣，你覺得好，我會覺得還差一點，我覺得不差，你也許又會覺得不外如是。

沒有人完美，而且我更覺得，有點點瑕疵的生命才叫美好，這才讓人有動力不斷尋求進步。

對自己的缺點，當然我並不是要說將之視而不見，這只是逃避現實。

我承認自己只有三根手指的不行，但我著眼的是自己那三根手指的可行，以及那三根手指可用的無限可能！

每個人的演繹手法都不同，我知道自己的不足令樂章沒法完美呈現，但我可以用心讓觀眾感受到我已盡己所能去彈走那份「缺憾」。

我相信每個人都曾經抱怨過自己某些地方不夠完美，或怨天尤人，或自怨自艾，但與其花時間執著於自己不夠完美的黑點，為甚麼不將目光移開到黑點以外，那片任你發揮的廣闊之地？

> 每個人的觀點與角度都不一樣，你覺得好，我會覺得還差一點，我覺得不差，你也許又會覺得不外如是。沒有人完美，而且我更覺得，有點點瑕疵的生命才叫美好，這才讓人有動力不斷尋求進步。

心。靈。療。癒。檔案實錄

我是個平凡的女子，過著平凡的日子。

有一次，覺得餓了，就像所有平凡的人會做的事，到平凡的快餐店，買個平凡的漢堡包填飽肚子。

料想不到，那個下單的店員，竟把我認出來了：「嗨！你就是那個鋼琴家！」

我的心登時一跳！她怎麼會知道我是誰？瞬間閃入腦海的，是我當時的外表和儀態有沒有異樣、有沒有甚麼舉止失禮了？

我本是藉藉無名的一個平凡人。平日上街，並沒有很在意自己的衣著打扮，總之整齊潔淨就好了。自從二零零七年八月開始，愈來愈多人把我認出來，主要是因為某電視台的新聞部訪問了我，並播出了關於我的檔案故事。

由自己的小舞台，走向面對公眾的大屏幕，一切從那個以《三根指頭》為名的電視台紀錄檔案節目開始。

被陌生人認出來，我沒有覺得自己的頭頂多了個光環。（呵呵！女神絕不可能就是我！）我還是覺得自己是個平平凡凡的普通女子，以後上街外出，我還是一貫整齊潔淨就好，沒刻意去特別打扮。（其實會把我認出的人也沒有太多，那次實屬偶發事件。）

也許有人覺得我上電視，是成名了吧？但這從來都不是我會接受電視台訪問的原因，最初我甚至拒絕了對方的邀約。

還記得二零零五年，那正值是UCLA的學校假期，我返回香港放假，就在這個時候第一次收到電視台新聞部記者的訪問邀請。

由於當年我在外國留學，沒留意和收看香港的電視節目已很久了，加上聽說香港的媒體都喜歡炒作話題，我擔心訪問會變成失實報道，或太誇張、或太褒獎、或太煽情……，思前想後，我考慮到電視媒體又比紙媒更具渲染力，為了搶收視，電視節目會不會將我身體上的缺陷過分放大？又會不會將我的人生經歷過分戲劇化？……

於是，我推辭了。

不過，記者之後繼續與我保持聯絡，鍥而不捨地游說我接受訪問，她很有耐性，做了很多資料搜集，向我解釋會用甚麼角度做訪問，又會以甚麼手法進行拍攝，也再三表示希望能夠用我的經歷故事去鼓勵普羅大眾。

我再考慮了好幾個月，最後還是被記者的誠意打動了。

***

回想起來，那電視台新聞部的製作團隊非常專業，我頗欣賞他們嚴謹認真的工作態度，尤其記者對我進行了深度而且多角度的訪談，過程絕不馬虎，專訪我之外，也跟我媽媽和妹妹訪談，更安排我與當年的主診醫生梁秉中教授見面。

於我來說，這趟深度訪問，讓我藉此回顧了自己的成長，尤其媽媽在鏡頭前細說當年，談到痛處甚至哭出來了，她內心深處竟傻得認為是自己害苦了女兒……原來媽媽的憂鬱和內疚感抑壓在心底這麼多年，一直無從排遣……我怎麼懵然不知自己會給媽媽帶來了這麼大的無形傷害？我慚愧自己太少關心她的感受，真正需要內疚的人應該是我才對。媽媽內心的積痛，直至記者問起，她才得以抒發，也由此得以釋懷……

這次拍攝好比是一個心靈療癒的過程。

想起來，最初記者說是想用我的故事去鼓勵別人，但結果是透過了電視台這次檔案訪談，讓我反思了自己跟家人的關係，以及自己的人生！

由當初猶豫是否接受訪問，到訪問期間坦誠分享內心感受，到完成拍攝的抒懷療癒感，我像踏上了心靈階梯，一步一步更了解自己、也更感受到親人對自己的厚愛。

而且訪問播映後，我的人生更出現了從沒預想到的轉捩點。

因為有人看到電視台播出關於我的人物專訪故事，於是開始有不同的團體和機構邀請我去演講，有學校、保險公司、銀行、醫院、監獄、社企，也陸續有更多的媒體邀約我訪問；此外，梁秉中教授更作為我的提名人，讓我榮幸地當選了「二零一零年度香港十大傑出青年」……

更加料想不到的是，之後竟還會有護膚品牌公司主動邀請我擔任代言人！哈哈！須知道，我從不覺得自己漂亮，我甚至曾經是一個自卑的女生，但世事奇妙，當自己用正面的態度檢視和克服了自我弱點，那個弱點竟然就變成了自己的強項！

我的一雙手，讓我獲得不同的演講和分享機會；而對著鏡頭多了，哪管我的外表不夠漂亮，在眾人面前我已不再害怕，我也不必再刻意去收藏自己的一雙手。

嘿嘿！題外話，據記者告知，我的檔案破了以下三項紀錄——

第一，誰都沒料到整個拍攝過程會經歷兩年時間！過往檔案的拍攝期大概是十個工作天左右，我的檔案卻花上了兩年！（期間因為我要專注寫作論文而要求暫停拍攝，另也因為記者懷孕又停工十個月。）如果製作團隊只是為了早日交差，那他們大可以倉促了事，但他們如此用心求真，且尊重被訪者，當初擔心他們會炒作故事的顧慮都放下來了。

第二，因為導演要求近距離拍攝我雙手彈琴的角度，技術工程人員史無前例地用上了吊肩設定攝影機的位置，在我的頭頂和鋼琴之上架空拍攝，我自己也從未試過以此角度觀察過自己的一雙手呢！

第三，為了補充訪問內容，監製決定為我的檔案加上「後記」，這是電視台新聞部拍攝人物專訪以來第一個補加「後記」的檔案。

坦白說，其實我還沒有很豐富的人生經歷作分享，也沒有比別人更強大，但感謝人家會選上我，為我製作這部《三根指頭》紀錄片，我不知道有多少人受到了鼓勵，但我卻深深感受到，自己在某個程度上，由一條毛毛蟲破繭、蛻變，成長過來了！

> 你也許從不覺得自己漂亮、能幹，甚至是個自卑的人，但世事奇妙，當我們用上正面的態度檢視和克服自我弱點，那個弱點，很可能就會變成了自己的強項！

聆聽「大地之歌」

作為一個土生土長的香港女孩，為甚麼我會愛上黑人和非洲音樂文化呢？在之前的文章也有提到，我在大學修讀民族音樂，而二年級的暑假時，為了要寫一份畢業終期報告，也因為取得了一筆小型獎學金，於是我去了一趟美國，作了一次為期三個月的實地考察，觀摩當地的黑人教會，訪問他們的樂手和創作人。

猶記得，熱情的黑人教友在我來訪時，隨即邀請我即興跟他們一起夾 band 玩音樂！當時我毫無準備，一下子不知從何加入，玩甚麼音樂好？於是我問他們：

「有樂譜提供嗎？」

他們笑說：「我們沒譜啊！就靠耳朵來玩啊（play by ears）！」

啊！沒譜？真的沒譜啊！

在我還來不及反應之際，他們便已開始彈奏起即興的旋律。

如果當時你身在現場，也一定會感受到他們根本不需要用樂譜，便已經可互相憑著默契做出音樂（即是所謂的groove），那種音韻和節奏律動，自然而然地便呈現出來了。

我深深被他們的音樂吸引！這次經歷成為了我後來獨個兒決心跑到美國讀民族音樂的契機。

一共長達七年的課程，由碩士讀到博士，從中讓我認識到了世界各地的音樂知識，又因為主修非洲、美國黑人和拉丁美洲音樂，有朋友會跟我開玩笑，形容我在音樂上是半個黑人！

在課堂上接觸民族音樂，對於過去一直是接受傳統、西方古典音樂訓練的我來説，帶來了不少衝擊。當時老師鼓勵我們暫時要放下那把西方音樂的量尺，要打開心扉去感受異族音樂，也要嘗試擴潤自己的聆聽世界。

對於世界及民族音樂，我們非談非洲不可，也大概要先了解非洲本身獨特的歷史和其文化對世界的影響。

非洲是全世界第二大洲，當地人操多過一千種方言，在許多非洲文化中，其實並沒有一個字彙可以直譯為「音樂」或「舞蹈」。在非洲人眼中，音樂在生活中無處不在，因此音樂的定義對於他們來說來得更廣泛，那不單止是樂器和演奏而已——用地方語言講故事是音樂，唱歌和舞蹈也是音樂；所以，非洲樂手本身既是歌手、又是舞者；他們既在唱歌、又在講話；而且，其唱歌的旋律也是在與樂器對話，形成所謂的「對唱呼應」（call and response）。

回顧歷史，非洲因著其過去有黑奴買賣的背景，非洲人流亡到世界各地不同的地域，經歷了四百年長時間的洗禮，非洲黑奴與各地異族文化融合交流，也由此令非洲音樂文化遍布於大西洋不同的國家之中，包括拉丁美洲、美國和歐洲等地。

在美國留學時，我參加了學校的「黑人靈歌合唱團」（black gospel choir）。而明明這是「合唱團」嘛，但我可沒想到一開始要學習的不是唱歌技巧，而是打拍子；我更加沒有料到的是，學習打拍子時也同時要去學習怎樣去搖擺身體。

黑人唱靈歌時之所以會搖擺身體，原來是借此去投入打「弱拍子」（upbeat）以提升節奏感，而最極致的程度就是頭、脖子、肩膀都能做到獨立搖擺的動作呢！

記得一次，學校舉行非洲音樂節，老師邀請了一隊南非著名男聲無伴奏（accapella）組合「雷村黑牛斧頭合唱團」（Ladysmith Black Mambazo）來指導我們的歌唱技巧。當日他們用了一個非常特別的開場白來介紹自己——

一邊搖擺著身體，一邊進入課室，一邊清唱著；他們開口唱的是非洲土語，我們聽不懂，但其攝人的歌聲和舞蹈，已足以令我們十分雀躍。

團長約瑟．夫沙巴拉拉（Joseph Shabalala）跟我們分享創作歌曲和唱歌技巧的心得時，提到有這麼一個天人合一的小故事——

話說有一天，他在森林中散步，祈求上天賜予靈感。忽然間，起了大風，樹林中響起樹葉「淅淅沙沙」的聲音，他深深感受到當下與神同在！靈機一觸之下，他試著以吹氣發聲的方式來模仿風吹樹葉的響聲，他內心大喜，想像到這就是大自然之音，可讓受眾感受到來自上天的愛與和諧，就是這麼一次獨特的體驗，觸動到他開始以吹氣的方式來歌唱，也形成了合唱團與別不同的演繹方法。

「雷村黑牛斧頭合唱團」渾然天成的優美之聲，還有他們歌聲背後的故事，正好表現了音樂與人和大自然的同在，這種「原汁原味」的音樂，也是最觸動心弦的一種音樂。

就是這樣，我迷上對世界音樂的研究。

而在我完成了美國的學業回到香港時，又竟有幸獲邀「開咪」做電台節目主持人，隔空透過大氣電波，跟聽眾分享不同地域的音樂文化及風格。在二零一二年七月至九月期間，我在香港電台第四台主持了一共十三集名為〈大地之歌〉、一個關於民族音樂的分享節目。

大地之歌——從字面來看，你會聯想到其意思就是大自然的交響樂嗎？或是不同民族對大地的呼喚呢？

對於熟悉西方古典音樂的人而言，很可能又會想到奧地利作曲家馬勒（Gustav Mahler）的《大地之歌》（德語："Das Lied von der Erde"，英譯："The Song of the Earth"）吧。馬勒於一九零八年創作了這首西方大型交響樂曲，關於這作品，引人入勝之處是其創作靈感源自於德國詩人貝德格（Hans Bethge）把中國詩詞譯成德文的仿作詩集《中國笛》（當中有詩人如李白和王維的作品呢），馬勒便是從中取材，得到啟發而寫成了由六個樂章構成的交響樂曲。

接下了電台〈大地之歌〉節目的主持工作，我很希望能夠借此機會跟聽眾一起探索世界音樂，用更開闊一點的角度去看音樂的構成，我也嘗試用有趣、也日常的例子去分享如何賞析世界音樂。

如南非有一種名為Isicathamiya、源於黑人礦工引吭高歌的無伴奏合唱，其中表表者就有上文提到的雷村黑牛斧頭合唱團；也談到不同種族怎樣以歌曲演繹愛情；巴西跟非洲的「搖籃曲」（lullaby）有何分別；葡萄牙「民謠」（fado）跟「藍調」（blues）哪一種比較憂怨；還有「探戈」（tango）、「巴薩諾瓦」（bossa nova）、「森巴」（samba）等等拉丁美洲不同的音樂又有何風格和特色等。

在節目裡也談到民族音樂中的樂器，例如身體和嗓子便是人們與生俱來的天然樂器。在節目中我也介紹了中非原住民「匹美人」（pygmies）

的「複音音樂」（polyphony），也跟聽眾細説不同敲擊樂器，如非洲鼓（djembe）、馬林巴木琴（marimba），以及撥弦樂器，如非洲豎琴（kora）和拇指琴（mbira）等等的特質。

***

自小開始學習彈琴，到大學修讀主流西方音樂，再後來去美國深造世界及民族音樂，然後又回到香港，受聘在大學教書，常獲邀約做個人訪問、去學校及機構做勵志演講……

這一雙小手帶著我以音樂遊歷世界，也竟然能讓自己超越空間的界限，在大氣電波中傳播音樂知識，得到擔任電台節目主持人的機會，從沒想像到自己會涉及的事情，竟然又做到了！

我樂意分享我所經歷的、我所領悟的，盼以種種我能夠做到的方式，透過自己的生命故事，來讓更多人對音樂、對人生，得到一點點的啟迪。

認識民族音樂，就是要打開心扉去感受異族音樂，嘗試去擴濶自己的聆聽世界。當面對任何新事物，我們也應抱有如此的學習態度！

用一雙手說生命故事。。。

「你拿到筆、寫到字嗎？」
「你懂執筷子、自己可以吃飯嗎？」
「你的手指真的會彈琴嗎？」……

我曾應邀到訪過多間小學做分享，以上幾條是最多小學生問我的問題。

小學生較關心的，都是身體功能上的疑團。

他們又會好奇，想看看我的手指長成甚麼樣子；看到我的手指，他們又會試著喃喃自語「一、二、三、四、五……」數算一下自己共有多少根手指。

平日他們其實很少會細想自己的手指究竟有何用處，反正與生俱來，沒有缺少過，根本不會刻意去了解擁有的可貴。我猜想，他們當中應該有不少是直至遇見了我這個人，看到了我的手指，才猛然思索假如自己沒有了任何一根手指那怎麼辦？

我心裡安慰，至少自己能讓年紀還小的學生去明白一點點得與失的概念，讓他們認真作出思考，由此學懂珍惜和善用自己所擁有的東西。

逗笑的是，他們也問過我：

「你有沒有男朋友？」

「你已結婚了嗎？」

「你有甚麼擇偶條件？」……

連小學生也擔心我嫁不出去嗎？

「哈！你們所有小男生都不要想太多！我已經名花有主了！」

小學生童言無忌，我也毫不顧忌，就在他們面前舉起手，展示我戴了婚戒的手指，這場面通常都惹來學生一陣哄動和嘩然！

去到中學，已是青少年的學生思路成熟一點了，他們會問我一些關乎人生經歷的問題，想知道我如何能夠有毅力、意志、耐性，去應付日常生活中的困難。

***

我心中慶幸，自己也總算能夠成為學生的生命導師，在課本之外，將自身的缺陷化成別人一把人生的放大鏡，讓學生檢視自己從沒有失去過、於是從沒有認真思考過的人生盲點。

***

除了學校，我還接受過商業機構的邀約，出席企業培訓類型的講座，其中保險業便有一種「百萬圓桌會」（Million Dollar Round Table，簡稱 MDRT）的活動，在座的成員都是保險業界的精英。

其實無論是哪個行業，擔任哪個崗位，在職場打滾的成年人，相比起學生身處那個單純的世界，會遇上的困難一定複雜更多，隨之煩惱更大。這類機構主要希望我的分享能夠激勵員工，讓他們建立積極的人生態度，持之以恆地發揮自己的專長，為機構的持續發展付出力量。

現實一點說，商業社會講求業績以維持經營，目標營業額總是一年比一年提升，機構當然希望員工得到鼓勵後更賣力工作；不過，在我而言，我相信我的演講並沒有提升員工為公司變鈔的能力，我只是想藉著演講，向在職人士帶出一個重點——

請對自己的工作抱有熱誠，只有做自己喜歡做的事，才會有動力去把事情做得更好；沒有熱誠，那不過是一種打工糊口的苦差；只有熱誠，才能成就一個人的事業生涯，也由此為自己帶來滿足感，繼而為機構帶來業績，這才是員工和企業雙贏的關鍵。

我努力以三根手指駕馭八十八枚琴鍵，用上七年時間到美國讀音樂，又以音樂教育為志業在大學教授，業餘則到處演講分享我的音樂人生，如今又跟出版社合作出版了這本關於自己如何成長過來及克服困難的分享文集……

這一切，都是由我盡情投入和熱愛音樂而開始的。

***

前文提過，小時候我非常討厭醫院。

我童年最深刻痛苦的回憶，就是在白色巨塔裡度過的日子。真沒想到過，我長大後，再次踏足醫院，是倒過來為醫護人員作出像心靈療癒式的分享演講。

不諱言當年我是個「百厭星」，在留院時因頑皮四處亂跑而曾被醫護人員責罵至大哭起來；我也經歷過被一群醫生圍觀檢驗，被迫擺出奇怪的姿勢來讓他們拍照，即使這是為了做醫學研究以找出治病方案，我當時感到委屈難堪。

在分享演講中，我也有把這些壓在心頭多年的感受說出來，沒料到在座有些醫護人員聽了禁不住哭泣。

「真不知道原來醫護人員的一些動作，或是無心之失，會對病人造成心靈上的傷害！」

「你的經歷，讓每一個醫護人員都要反省，如何在身心方面都要更妥善照顧每一個病人！」

小毛孩時期，我的確對醫護人員滿有憤怨的，但如今長大了，我有機會跟醫護人員訴說當年的感受，這不僅讓自己釋懷了，想不到也有助醫護人員去檢視和思考如何把自己的專業工作發揮得更好。

每個行業都有不為外人知也無法了解的辛酸事；總之，我現在誠心對當年所有照料過自己的醫護人員作出致敬！

所有醫護都要加油喔！

***

除了學校、商業機構、醫院，我還入過監獄。

羅乃新老師是香港著名的鋼琴家、音樂會演奏家，她本身參與很多慈善工作，其中她也特別關心年青囚友的處境，我便冠她一個「監獄之母」的稱號。

她是我在音樂路上的啟蒙老師，也可以說是我的人生導師。在我留學回港後，她提議我跟她一起到監獄，以我的經歷故事去給年青囚犯作出鼓勵，藉此讓他們建立正面的自我價值觀，讓他們心裡有改過自新的信念。

深入囚牢進行探訪和演講，我也由此得知，年青囚友因犯案而入獄，有些甚至被判終身監禁，在獄中每日過著規律的生活，然而他們也不是整天閒著的，例如路政署的路牌，便是由囚友用心製作而成，儘管因犯錯而遭囚禁，但他們對社會建設，還是付出了貢獻。

與其說是我給囚友做勵志演講以助他們振作起來，我覺得某程度上他們也鼓勵了我，讓我更珍視自己所擁有的自由；而且，無論身處任何環境，只要有能力也願意付出，每個人也總可活出意義來。

***

數算起來，我已出席過數百場講座，香港以外，我還去過大陸、台灣、澳門、澳紐及美加等地方做分享。

其實我的身體本身不算很強壯，所以舟車勞頓甚至遠赴外地去演講，有時自覺身體累透了，不過在精神心靈上，我還是樂此不疲！

而為了讓自己每一次的演講都不失水準，我會跟自己說：

「這很可能就是自己最後一次做分享啊！一定要珍惜機會，盡力做到最好！」

我會比喻自己是一根火柴，任務是盡力點燃起更多生命的燭光。

我不知道我所演講的內容有沒有太沉悶，讓台下的觀眾打瞌睡了；儘管只是一廂情願也好，我都希望自己說過的話（即使只是其中的某一句話）能夠打動人心，在聽眾的生命發揮作用，那麼我心裡的一團火，就值得在世界還有氧氣的時候，繼續燃燒下去。

每個人都有自己的難題，讓人碰壁的，其實不是難題本身，而是心態的高度。

我的難題是缺手指，別人的難題在於其他方面。難題也許會讓人絆住，但令人跌倒的，關乎一個人的心態。

在分享演講時，無論面對著的觀眾是來自哪個階層、屬於何種身分也好，我都希望透過自己的經歷故事，有助人們對生命作出思考，正面去看待和處理人生遇到的每一個難題。

我深刻記得，在講座中有人曾向我提問：

「假如現在讓你再作選擇，你會希望自己擁有一雙完美健全的手，還是像現在一樣只有三根手指呢？」

以前當我年紀還小的時候，我真的奢望生命能夠重生一次，讓我健全地誕生。

然而，活到了今天，經歷過這麼多，這個問題於當下的我而言，其實不用多加思考也已有答案了。

每個人，都應該活在當下，好好克服每一個困難時刻。這雙殘缺的手，已成為我生命的一部分，「她」就是我，我由最初抗拒「她」，到後來慢慢地去學習接納「她」、去認識「她」，與「她」安然共處，甚至到現在熱愛擁抱「她」……過去是經驗，當下務必要盡力活出真我，這才有望去成就未來活得更好的自己。

***

我又想起了《Invincible》。現實裡並沒有荷李活電影中的大英雄。我們都沒有打不死之身，但我們都可以有磨不滅的意志。

一路走來，人生不盡完美，我們難免會聚焦在自己的缺失處，但不要害怕也不用逃避，那是自我察覺且讓人堅壯的過程。

那缺口，其實也是出口。要麼跌入黑暗的谷底，要麼衝出去到光明的世界。

你會如何抉擇？

你會願意勇敢地闖過去，讓自己通達到豁然開朗的人生境地嗎？

我期盼你會給自己說：

「我願意！」

一路走來，人生不盡完美，我們難免會聚焦在自己的缺失處，但不要害怕也不用逃避，那是自我察覺且讓人堅壯的過程。

那缺口，其實也是出口。要麼跌入黑暗的谷底，要麼衝出去到光明的世界。

你會如何抉擇？

【後記——黃愛恩】

人生需要歷練，也感恩沿途有您

這書出版之時，大概也是我第二個孩子的預產期。懷胎十月，是一件奇妙、不可思議的事。從小小細胞的分裂，到一個有形有體的小生命足月出世，箇中複雜程度真的超越我們想像！在懷孕過程中，小小的生命漸漸成長，開始感覺到他的存在：腳仔踢肚皮、身體轉動，這種身體和情感的接觸與連結，實在令媽媽們驚嘆不已！

這書的誕生，也同樣經歷了歲月的洗禮。不過，它不只是十個月的孕育期，而是差不多十年的時間，這比起我執筆寫博士論文的年期還要長得多呢！我和編輯原意是一年半載內完成的，但因各種原因（一次又一次延遲了交稿……某些原因我也忘記了是甚麼，哈！），進度拖延了好一段日子。漸漸發現，人生是需要歷練的，與其趕交文稿，倒不如「慢工出細貨」。就這樣，由從前單身女生，到今天我將成為第二個孩子的媽媽，這些年日所經歷的人、事、物，大大豐富了這本書的內容，在寫作的過程中，就像孕育生命一樣，由出生時到現在的我，透過純樸的文筆，一點一滴的描繪出來，一篇篇的故事就這樣漸漸成形，實在叫我和編輯興奮不已！

原來，在文字記錄的過程中，讓我有機會仔細回顧及重組成長片段。正如之前在文中提過，這不單給我反思人生的機會，而且在回憶過往一段慢長黑暗的日子時，更令我敞開心扉與內心對話，也成為我心靈醫治的最佳良藥；沿途路上，我看到更多漸見曙光的日子，我更學懂數算恩典，不再將眼光過於放大在所謂「不幸」的事情上！

當我重整人生藍圖的時候，在不同的人生季節中，與很多、很多的恩師、長輩們相遇，為我的大圖畫增添了不少色彩！我要在此鳴謝每一位為我撰寫推薦序的前輩、老師、好朋友，包括：梁秉中教授、蔡元雲醫生、羅乃萱女士、羅乃新老師、李海倫教授（Professor Helen Rees）、王永雄博士和葉豐盈女士。每次細味他們寫的序文，都扣人心弦、令我很感動！也要感謝編輯阿丁、曾協力整理文稿的 Dominic 及插畫師文本（Man Bunn），他們花了不少心力來製作這書。當然，我要感謝我丈夫Jack、大兒子晴琛與將出世的小兒子，他們令我的生命新增了不同的色調：更富立體感和挑戰性，也教曉我不同層面的愛和付出。

正如以上好幾位前輩們在序文提到，「努力去活出平凡的生命，就能經歷生活中的不平凡……」我相信每個人的生命都是寶貴、獨特和精彩的！藉著此書，我希望您能思想生命的價值與意義，不住調校人生方向，努力尋找生命中的不平凡，您總會發現驚喜處處。

我期待跟不同的讀者群有著生命的交流，聆聽您們的生命故事，互勉之！

黃愛恩（Connie Wong）

手尋夢想——三指鋼琴家的生命樂章

真人故事——黃愛恩 Connie Wong
編　　著——阿丁 Ding
插　　圖——文本 Man Bunn
文字協力——葉天麟 Dominic Yip
設計製作——格子盒作室 gezi workstation

出　　版——格子盒作室 gezi workstation
郵寄地址：香港中環皇后大道中 70 號卡佛大廈 1104 室
臉書：www.facebook.com/gezibooks
電郵：gezi.workstation@gmail.com

發　　行——一代匯集
聯絡地址：九龍旺角塘尾道 64 號龍駒企業大廈 10B&D 室
電話：2783-8102
傳真：2396-0050

承　　印——美雅印刷製本有限公司

出版日期——二〇一七年七月（初版）
二〇一九年十二月（第二版）
二〇二〇年七月（第三版）

國際書號——ISBN 978-988-14368-8-7